Autobiografie aus dem
Jenseits

Ein Reiseführer
durch astrale Welten

Roger Kappeler

www.rogerkappeler.ch
copyright 2020: Roger Kappeler, Embrach (CH)

Coverlayout: wortfeger.ch
Coverbild: © Stockbild, 123rf.com
Herstellung & Verlag: BoD – Books on Demand, Norderstedt

ISBN 978-3-7519-2250-0
auch als E-Book erhältlich

Die Deutsche und Schweizer Nationalbibliotheken verzeichnen
diese Publikation in der Nationalbibliografie; detaillierte
bibliografische Daten sind im Internet über
www.dnb.de und www.nb.admin.ch abrufbar.

*Der Wohnort nach dem Tod
wird exakt das geistige Abbild
des irdischen Lebens sein.*

Vorwort

Bevor die Geschichte beginnt, möchte ich noch ganz kurz etwas zu deren Entstehung sagen. Und zwar habe ich die Grundidee einem uralten, vergilbten Buch aus dem Jahr 1961 entnommen. Der Originaltitel lautet *«Ein Wanderer im Lande der Geister»* und der ursprüngliche Text wurde damals medial durchgegeben. Denn der Verfasser behauptete, ein Verstorbener zu sein, der seine persönlichen Erfahrungen nach dem Tod mithilfe von einer medial veranlagten Person, einem sogenannten Schreibmedium, übermittelte.

Wie dem auch sei, auf jeden Fall hat mich diese Geschichte von Anfang an enorm fasziniert. Aus diesem Grund habe ich beschlossen, eine eigene Version in zeitgemässer Sprache zu schreiben. Wobei ich hinzufügen muss, dass nun ein grosser Teil der Handlung meiner eigenen Fantasie entspringt. Ich habe jedoch versucht, dass – trotz den vielen tiefgründigen Informationen – auch der Unterhaltungswert nicht zu kurz kommt.

Prolog

Hallo, ihr lieben Menschen, die ihr alle noch auf dem riesigen, wunderschönen Lebewesen namens Erde wandelt. Noch? Jawohl, ganz richtig. Denn ich selber habe den Planeten Erde bereits vor einiger Zeit verlassen und befinde mich seitdem im sogenannten Jenseits. Nach menschlichen Begriffen sollte ich demzufolge ziemlich tot sein – mausetot sogar. Tja, falsch gedacht.

Denn obwohl ich auf der Erde ein nicht gerade vorbildliches, geschweige denn heiliges Leben geführt habe, bin ich dennoch quicklebendig. Natürlich besitze ich jetzt keinen grobstofflichen, materiellen Körper mehr. Sondern eher so etwas wie eine feinstoffliche Astralhülle. Wenn ihr wissen möchtet, was ich seit meinem Tod so alles erlebt habe und wie es in den himmlischen, beziehungsweise höllischen Sphären aussieht, dann seid ihr hier goldrichtig.

Den folgenden Bericht könnte man wohl am ehesten als eine ziemlich abenteuerliche Autobiografie aus dem Jenseits bezeichnen, wenn ich das mal so formulieren darf. Biografien von Lebenden gibt es ja bereits in Hülle und Fülle – wieso also nicht einmal eine spannende Geschichte der etwas anderen Art?

Ich bin dann mal weg

Oh, Verzeihung, ich habe mich ja noch gar nicht vorgestellt. Da mein irdischer Name in dieser Dimension, in der ich mich zurzeit befinde, nicht mehr von Belang ist, werde ich mich in der folgenden Erzählung einfach Eloy nennen. Das klingt nicht nur gut, sondern man kann diesen Namen auch in so ziemlich jeder Sprache leicht aussprechen. Nur für den Fall, dass dieses Buch eines Tages ins Elbische, Klingonische oder in sonst irgendeine exotische Sprache übersetzt werden sollte. Aber Spass beiseite, auch wenn wir hier, im sogenannten *Reich der Toten,* natürlich durchaus einen mehr oder weniger ausgeprägten Sinn für Humor haben. Wobei sich dieser verständlicherweise von Sphäre zu Sphäre unterscheidet. Aber dass man im Himmel nicht dieselben Witze reisst wie in der Hölle, ist ja eh klar. Doch nun möchte ich nicht weiter vom Thema abschweifen, deshalb drehen wir das Rad der Zeit an dieser Stelle ein wenig zurück. Genauer gesagt bis zu jenem schicksalhaften Tag, an dem damals mein letztes Stündchen auf der Erde geschlagen hatte.

Da ich während meinem ganzen Leben nie wirklich an Gott oder an sonst eine höhere Macht geglaubt hatte, war für mich eines eigentlich schon immer klar gewesen: Wenn man stirbt, dann ist man tot. Schluss. Fertig. Aus die Maus. So wie das Lebenslicht einst rein zufällig angeknipst wurde, so wurde es eines Tages halt auch wieder ausgeknipst. Schliesslich konnte bisher ja noch niemand beweisen, ob es hinter dem ganzen Zirkus irgendeinen Sinn – geschweige denn, eine Art göttlichen

Plan – gab. Oh Mann, was bin ich bloss für ein unwissender, armseliger Narr gewesen.

Praktisch jeden Tag habe ich nach dem Motto, *man lebt nur einmal, also geniesse es in vollen Zügen,* gelebt. Dass man das Leben geniessen soll, so gut es eben geht, ist ja an und für sich nicht total verkehrt. Bei vielen Menschen jedoch, inklusive mich selbst, artet das dann leider oftmals in einer egoistischen, rein materialistischen und vor allem oberflächlichen Genusssucht aus. Man will zwar immer mehr von allem, fühlt sich dabei innerlich aber trotzdem immer leerer und stumpfer, anstatt zufriedener und glücklicher.

Nun ja, irgendwann war dann schliesslich auch meine Lebensbatterie durch diesen ständigen Missbrauch des Körpers vorzeitig aufgebraucht. Erst in meiner Todesstunde auf dem Sterbebett wurde mir plötzlich bewusst, dass sich die Seele jetzt wohl oder übel aus dieser leeren, unbrauchbaren Hülle befreien musste. Dieses einst wundervolle und perfekte physische Gefährt war in diesem heruntergewirtschafteten Zustand schlicht und einfach zu nichts mehr Nutze, und gab wortwörtlich den Geist auf. Oder besser gesagt: mein Geist gab den geschundenen, vergifteten und geschwächten Körper auf. Und das alles passierte, bildlich gesprochen, so unspektakulär, wie wenn man ein altes, zerschlissenes Kleidungsstück entsorgt. Naja, oder zumindest so ähnlich.

Jedenfalls starb ich, ohne es überhaupt richtig zu bemerken. Auch wenn das jetzt für einige Leute bestimmt ein bisschen komisch klingen mag. Dennoch fühlte es sich überhaupt nicht dramatisch oder traurig an. Sondern eher so, als ginge ich mal eben kurz weg. Vielleicht auf die Toilette, oder zum Kühlschrank, um ein Bierchen zu holen. Dass sich definitiv etwas Grundlegendes verändert hatte, kapierte ich eigentlich erst so richtig, als ich auf einmal die Emotionen und Gedanken von allen Menschen wahrnehmen konnte, die sich an meinem Sterbebett befanden. Das waren vorwiegend Ärzte und Krankenschwestern in weissen Kitteln, sowie ein paar wenige Familienmitglieder.

Nachdem meine Seele mit einem sanften Ruck aus dem nun offenbar leblosen Körper ausgetreten war, schwebte ich geistig noch eine Weile an der Zimmerdecke. Erstaunt und neugierig zugleich, beobachtete ich dieses irgendwie total surreale Szenario, welches sich da unten gerade abspielte. Auf dem Bett lag starr mein ehemaliges Ich, das jetzt lediglich noch eine nutzlose Ansammlung von toter Materie war. Ringsherum wuselten verzweifelt all die Menschen herum, die ich in meinem neuen, seltsamen Bewusstseinszustand buchstäblich durchschauen konnte. Auf eine in Worte nicht zu fassende Weise belustigte mich dieses dramatische Schauspiel irgendwie. Oder ist es etwa nicht völlig unglaublich, wenn man hört, wie einen der Oberarzt gerade für tot erklärt? Und das erst noch, obwohl man sich als soeben Verstorbener aller Logik zum Trotz quicklebendig fühlt?

Nachdem der Chefarzt mit ernster Miene die schicksalhaften Worte, *es tut mir leid, aber der Patient Eloy ist leider für immer von uns gegangen,* verkündete, reichte es mir allmählich mit diesem abstrusen Getue. Irgendwie musste es doch eine Möglichkeit geben, um mich bemerkbar zu machen und denen zu beweisen, dass ich alles andere als tot war. «Halloooo, ihr da unten», rief ich laut, während ich dazu wie ein Wilder mit den Armen herumfuchtelte. «Guckt doch nicht so betreten aus der Wäsche. Hier oben bin ich, hört ihr? Das, was ihr betrauert, ist doch bloss mein Körper.»

Doch ich merkte schon sehr bald, dass jeder Versuch einer, wie soll ich sagen, *interdimensionalen* Kommunikation, absolut zwecklos war. Die Menschen konnten mich offensichtlich weder hören noch sehen.

Dann nahm ich plötzlich wahr, wie sich ein dünner, mehr oder weniger durchsichtiger Nebelschleier zwischen mir und der Welt der sogenannt lebendigen Menschen bildete. Wie ein Vorhang zog sich dieser Schleier immer mehr zu, bis er mich vollständig einhüllte. In diesem schützenden Kokon wurde ich schliesslich auf sehr behutsame Weise aus meinem hochsterilen Sterbezimmer im Spital weggebracht. Die Szenerie unter mir verblasste immer mehr, während ich, immer noch staunend wie ein kleines Kind, irgendwo ins scheinbare Nichts davonschwebte. Die Zeit verschwamm in einer trüben Nebelwolke, und auch die bis anhin als Wirklichkeit empfundene Dichte des Raumes wurde immer bedeutungsloser. Ich spürte ganz deutlich, wie ich mich frequenzmässig bereits in einer anderen, lichtvolleren Dimension befand. Mein soeben zu Ende gegangenes Leben auf der Erde kam mir jetzt nur noch wie ein blasser, unwirklicher Traum vor.

Ja, die Befreiung aus diesem energetischen Gefängnis des irdischen Systems – genannt Leben – fühlte sich sogar richtig gut an. Eben noch war ich ein unbedeutendes Mitglied einer irgendwie missratenen menschlichen Gesellschaft gewesen – und schwuppdiwupp – hatte ich mich ähnlich einer Raupe auf mysteriöse Art in ein anderes Entwicklungsstadium verpuppt. Um grossartig darüber nachzudenken, bot sich mir jedoch gar keine Gelegenheit. Denn kaum hatte ich meinen Körper verlassen und innerlich von der irdischen Welt Abschied genommen, raste mein Geist – oder was auch immer – durch ein kompliziertes Labyrinth. Dieses ätherische Tunnelsystem schien lediglich aus unzähligen bunten, kaleidoskopartig glitzernden Lichtstrahlen zu bestehen. Während ich also durch dieses perfekt vernetzte Labyrinth jenseits von Zeit und Raum sauste, wurden mir verschiedene Bilder aus meinem vergangenen Leben gezeigt.

Irgendwann gelangte ich schliesslich in einen grossen Raum, in den auch viele andere von diesen eigenartigen Lichttunnels mündeten. Zunächst dachte ich, dass ich nun in einer Art Sammelstelle für menschlichen Abfall gelandet war und nun fachgerecht entsorgt werden würde. Doch dann wurde mir telepathisch mitgeteilt, dass ich mich in einer Art Zwischendimension befinde, wo ich mich zuerst einmal ausruhen soll. Erschöpft seufzend liess ich mich in einen bequemen, hellblauen Sessel fallen. Mein erster Gedanke war, dass ich jetzt wohl für immer und ewig hier bleiben würde. Wie im Himmel sah es zwar nicht gerade aus, aber in der Hölle befand ich mich definitiv auch nicht. Denn dort würde es vermutlich nicht so bequeme Sessel geben. Auch war es dort sehr wahrscheinlich ein paar Grad wärmer, in unmittelbarer Nähe des von der Kirche ständig angedrohten Fegefeuers. Und ganz abgesehen davon fühlte ich mich hier unendlich viel leichter und befreiter als auf der Erde.

Das lag unter anderem natürlich auch daran, dass mein feinstofflicher Astralkörper nicht mehr so schwer und materiell verdichtet war wie ein rein irdischer Körper. Durch die vielen neuen Eindrücke überkam mich plötzlich eine derartige Müdigkeit, dass ich schon bald in einen tiefen, traumlosen Schlaf fiel.

Im Land der Reue

Nach einer gefühlten Ewigkeit erwachte ich irgendwann wieder aus diesem eigenartigen Todesschlaf. Todesschlaf deshalb, weil sich während dieser wichtigen Phase biologisch und energetisch unglaublich viele Prozesse abspielen, von denen ein Verstorbener jedoch nichts mitkriegt. Das ist aber auch gar nicht nötig, denn das perfekt organisierte Universum weiss schon, was es tut. Jedenfalls fühlte ich mich nicht nur körperlich sehr erfrischt, sondern auch geistig. Mein Bewusstsein war dermassen kristallklar und ich fühlte mich buchstäblich so erleuchtet, als hätte ich gerade zehn Jahre am Stück meditiert. Erst jetzt merkte ich, dass neben mir eine sympathisch aussehende Frau sass, die mich aufmerksam musterte.

«Hallo, lieber Eloy», lächelte sie freundlich, «herzlich willkommen im Haus der Hoffnung. Ich heisse Pia und werde dich während deinem Aufenthalt hier betreuen.»

«Pia? Haus der Hoffnung?», stammelte ich unbeholfen.

«Jawohl, ganz genau. Du befindest dich in einem astralen Erholungsheim, wo du dich von deinen irdischen Strapazen erholen kannst», erklärte Pia geduldig. «Dies wird für eine Weile deine Heimbasis sein. Sobald du bereit bist, wirst du von hier aus zu solch abenteuerlichen Reisen aufbrechen, wie du es dir momentan noch gar nicht vorstellen kannst.»

Ein ehrfürchtiges *Wow* war alles, was ich in diesem Moment herausbrachte.

Nach einiger Zeit – vielleicht waren es Tage oder auch Wochen – hatte ich mich allmählich in der neuen Umgebung dieser eigenartigen Zwischendimension eingelebt. Deshalb teilte ich meiner Betreuerin Pia eines schönen Morgens mit, dass ich mich nun bereit für den nächsten Schritt fühlte, was immer auch das bedeuten mochte.

«Sehr schön, Eloy», meinte Pia strahlend wie immer, «in dem Fall werde ich dich zuerst, wie es mir aufgetragen wurde, in das Land der Reue schicken. In diesem Land, welches sich in einer erdnahen Astralsphäre befindet, werden sämtliche Lebensschicksale der Menschen in Bildern aufbewahrt.»

«Meinst du etwa die Akasha Chronik?», unterbrach ich sie neugierig.

«Nein, diese befindet sich auf einer anderen, höheren Ebene», fuhr Pia fort. «Die Bilder, von denen ich spreche, widerspiegeln lediglich die feineren Ursachen, die jeweils in unserem Herzen am Werk waren, und verdeutlichen alle daraus entstandenen Fehlschläge. Es braucht jedoch eine grosse Portion Mut sowie einen starken Willen, um sich diesem gigantischen Irrgarten aus Luftspiegelungen zu stellen. Aber wenn du es geschafft hast und deine Taten aufrichtig bereust, dann wirst du dich nach dieser Prozedur unendlich erleichtert fühlen. Überlege es dir also gut. Wenn du tatsächlich bereit dafür bist, dann folge mir bitte.»

Obwohl mich diese eindringliche Warnung mit einem etwas mulmigen Gefühl erfüllte, nickte ich Pia bestätigend zu und erwiderte so selbstbewusst wie möglich: «Zeige mir, wo dieses Land ist, und ich werde hingehen.»

Pia warf mir einen aufmunternden Blick zu. Dann legte sie liebevoll ihren Arm um meine Schultern und führte mich zum Fenster des Gebäudes, in dem wir uns gerade befanden. Von dort aus konnte man eine weite Ebene überblicken, und am Horizont ragte eine schneebedeckte Bergkette zum Himmel empor. «Auf der anderen Seite jener Berge befindet sich das Land der Reue», sprach Pia mit sanfter, aber dennoch ernster Stimme. «Die meisten Menschen, die jetzt natürlich feinstoffliche Astralbürger sind – oder Geister, wie man auf der Erde sagen würde –, müssen dieses merkwürdige Land durchwandern. Genauer gesagt all jene, denen ein sorgenvolles oder sonst irgendwie schwieriges Leben beschert war, und die nun allen Grund zur Reue haben. Hier werden sie mittels Selbstprüfungen über die Quelle ihrer Irrtümer aufgeklärt. Alles Unrecht, welches du anderen Lebewesen zugefügt hast, egal ob ganz bewusst oder unabsichtlich, wird dir hier gespiegelt. Ja, sogar jedes schlechte Wort und jeder niedere Gedanke. Sei also stark und lass dich nicht entmutigen. Und vergiss nie: Das ist nur eine Prüfung, die dich Einsicht und Erkenntnis lehren soll.»

«Vielen Dank für diese Erklärungen, liebe Pia», seufzte ich wehmütig, «ich werde mein Bestes tun.»

Obschon ich innerlich fest entschlossen war, diese erste von vielen Prüfungen in der Astralwelt zu bestehen, erfüllte gleichzeitig auch ein bleischweres Gefühl mein Herz, welches mich fast zu erdrücken drohte. Aber schlussendlich blieb mir sowieso nichts anderes übrig, als dieses äusserst gastfreundliche Haus der Hoffnung und somit auch die liebgewonnene Pia zu verlassen, wenn ich mich seelisch weiterentwickeln wollte. Noch am selben Tag machte ich mich ohne grosse Vorbereitungen auf den Weg.

Nachdem ich in diesem zeitlosen Reich gefühlte Stunden über Felder, Wiesen und durch knorrige Wälder marschiert war, erreichte ich schliesslich den Fuss eines kargen Berges. Zunächst säumte nur loses Geröll meinen Weg, das jedoch schon bald von scharfzackigen Felsblöcken abgelöst wurde, die sich vor mir auftürmten. Aus irgendeinem Grund war mir sofort klar, dass es sich hierbei in erster Linie um ein metaphorisches Bild handelte. Die Steine, die ich anderen Menschen früher absichtlich in den Weg gelegt hatte, türmten sich nun symbolisch vor mir auf. Denn genauso scharfkantig und abweisend waren früher oftmals die Gedankenschöpfungen meines Erdenlebens gewesen. Doch nun gab es kein Zurück mehr. Irgendwie musste ich mich durch diesen Irrgarten aus messerscharfen Felsblöcken kämpfen, der durch meinen eigenen Stolz sowie meinen selbstsüchtigen Ehrgeiz erschaffen worden war. Zerschunden und zerkratzt gelang es mir schliesslich, diesen ersten Abschnitt der Reise zu meistern.

Völlig erschöpft sank ich zu Boden und blickte schwermütig seufzend auf die sich direkt vor meiner Nase aufragende Bergkette. «Wie in aller Welt soll ich das bloss schaffen?», sagte ich laut zu mir. Doch als Antwort blies mir nur ein eisiger Wind ins Gesicht. Dabei erinnerte ich mich komischerweise an eine banale Situation aus meinem vergangenen Erdenleben. Als mich einst ein junger Mann mit exakt denselben Worten, *wie in aller Welt soll ich das bloss schaffen?* um Hilfe gebeten hatte, liess ich ihn kaltblütig im Stich. Die Worte, die ich ihm gegenüber damals benutzte, waren ebenso schroff wie die Landschaft, die mich hier umgab. Und der eisige Wind, der mir nun um die Ohren pfiff und durch Mark und Bein ging, symbolisierte mein gefühlskaltes Verhalten. Trotz der erbärmlichen Verfassung, in der ich mich gerade befand, schämte ich mich buchstäblich in Grund und Boden. Denn nun sah ich vor meinem geistigen Auge, wie der junge Mann durch meine kaltblütige Abweisung anschliessend auf die schiefe Bahn geraten war und den Rest seines Lebens als Krimineller verbracht hatte. Meine harschen Worte waren bildlich gesprochen der letzte Tropfen gewesen, der das Fass zum Überlaufen gebracht und seinem sonst schon missratenen Leben die Krone aufgesetzt hatten. Nach diesem Ereignis hatte er jegliche Hoffnung auf ein rechtschaffenes Leben aufgegeben. Weil ich unter anderem also ein wenig mitverantwortlich für seine Misere war, kehrten all diese angestauten negativen Energien und das Gefühl der Verachtung nun mit doppelter und dreifacher Wucht zu mir zurück und drückten mich energetisch zu Boden. Denn die Energie der abgrundtiefen Verachtung und Abscheu, die ich damals für diesen Mensch empfunden hatte, musste sich nun zwangläufig irgendwie entladen. Mit anderen Worten, dem Karma, beziehungsweise dem Gesetz von Ursache und Wirkung kann kein einziges Lebewesen jemals entkommen. Jeder noch so geheime Gedanke und jede Tat werden irgendwo aufgezeichnet und holen einen eines Tages mit mathematischer Präzision wieder ein. Im Guten wie im Schlechten.

Hm, so und nicht anders funktioniert das allwissende Universum also, dachte ich darüber nach, *in dem Fall ist es also gar nicht der liebe Gott, der die Menschen bestraft oder belohnt. Sondern wir selbst sind für alles*

verantwortlich, indem wir durch unsere alltägliche Ver-
haltensweise sozusagen unser eigenes Schicksal schmie-
den.

Nach dieser Erkenntnis nahm ich meinen ganzen Mut und vor allem den falschen Stolz zusammen, richtete mich auf und schrie in Richtung des Berges: «Falls mich jemand hört: Ich habe meine Lektion gelernt und ich bereue zutiefst, dass ich früher ständig andere Menschen ausgenutzt und ungerecht behandelt habe. Sollte ich jemals zur Erde zurückkehren, werde ich nie wieder so handeln, das verspreche ich hoch und heilig.»

Kaum war mein Echo verhallt, fühlte ich mich innerlich sofort erleichtert. Da ich mich plötzlich mit frischen Kräften erfüllt fühlte, ging ich davon aus, dass das Universum oder wer auch immer meine ehrliche Reue anerkannt und die Schuld aus dem Buch des Lebens getilgt hatte.

Ich weiss zwar nicht wie, aber allen Schwierigkeiten zum Trotz gelang es mir dennoch irgendwie, die schroffen, kalten Berge zu überqueren. Schritt für Schritt bahnte ich mir einen Weg durch Eis und Schnee, ehe ich auf der anderen Seite schliesslich über einen schmalen Grat ins Tal gelangte. Auch dieser Pfad hatte natürlich wie alles hier eine tiefere Bedeutung. Denn während diesem anstrengenden Marsch wurde mir zum ersten Mal so richtig bewusst, dass mein gesamtes Leben im Prinzip nichts weiter als eine einzige Gratwanderung gewesen war. Ein falscher Schritt – und tschüss. Wie konnte ich mir ein ganzes Leben lang bloss einbilden, dass mich materieller Reichtum und weltliche Macht vor irgendwas beschützen könnte oder mich gar zu einem edleren Menschen machte? Genau das Gegenteil war nämlich der

Fall gewesen. Ach, wenn ich bloss nochmals jung wäre, mit dem jetzigen Wissen, dann würde ich bestimmt alles besser machen ... dachte ich zumindest.

Da ich im Land der Reue seltsamerweise weder Hunger noch Durst verspürte, wanderte ich einfach immer weiter. Als ich die scharfzackigen Berge schon weit hinter mir gelassen hatte, veränderte sich das Landschaftsbild allmählich. Vor mir breitete sich eine weite, karge Ebene aus, die langsam, aber sicher in eine subtropische Sandwüste überging. «Oh je, jetzt habe ich mich selber in die Wüste geschickt», murmelte ich mit einer Art Galgenhumor vor mich hin, «mal schauen, was mich da wohl alles erwartet.» Doch der leichte Anflug von Heiterkeit wich schon bald einem beklemmenden Gefühl von Schwere und Trauer. Einsam und verlassen schleppte ich mich durch diese öde Wüste, während die Sonne unerbittlich vom Himmel brannte.

Plötzlich erschienen mir in Form von Luftspiegelungen frühere Begebenheiten aus meinem Leben. Tausend unwürdige Gedanken und selbstsüchtige Handlungen meiner Vergangenheit tauchten noch einmal vor mir auf. Auge um Auge, Zahn um Zahn. Selbst längst vergessene, grausame Worte, mit denen ich andere Menschen verletzt hatte, traten mir in Form von lebendigen Bildern entgegen. Diese Fata Morgana dauerte so lange, bis ich vor Scham und Reue, überwältigt von meiner eigenen Schuld, schliesslich weinend zusammenbrach. Während meine bitteren Tränen auf den trockenen Sand fielen, wuchsen an dieser Stelle auf einmal kleine Blumen. Wie aus dem Nichts erschien über mir ebenso plötzlich eine graue Regenwolke, die sich mit einem kräftigen, erfrischenden Regenguss entleerte. Es dauerte nicht lange, da hatte sich rings um mich eine prächtige Oase gebildet. Dann hörte ich telepathisch eine klare Stimme, die innerlich zu mir sprach. Dabei handelte es sich um die vertraute Stimme von Pia.

«Eloy, mein tapferer Schüler», sprach sie in hoffnungsvollem Tonfall, «ich gratuliere dir. Du hast die Reise im Land der Reue bald hinter dir, da du für deine Taten aufrichtig bereut hast. Es bleibt nur noch eine letzte Prüfung, die es zu bestehen gilt. Marschiere weiter, bis du zu einer Brücke gelangst. Ob sich das Tor der guten Taten öffnen wird und du die Brücke überqueren kannst, hängt ganz allein von dir ab. Viel Glück!»

Nachdem ich die Botschaft vernommen hatte, sass ich noch eine Weile im angenehm kühlen Schatten einer Dattelpalme und dachte über diese mysteriösen Worte nach. Etwas später verzog sich auch die einsame Wolke über meiner persönlichen kleinen Mini-Oase wieder. Ich deutete dies als Zeichen, um meine Pilgerreise der etwas anderen Art ebenfalls fortzusetzen. Zu meiner grossen Erleichterung ging der karge Wüstenboden allmählich in fruchtbare Felder, und schliesslich in saftig grüne Blumenwiesen über. Es tat all meinen Sinnen wohl, als die Landschaft immer üppiger wurde. Dann entdeckte ich zu meiner Freude einen hübschen kleinen Bach, der im Sonnenlicht so wunderschön glitzerte, dass ich nicht widerstehen konnte. Mitsamt den Kleidern watete ich in das seichte Gewässer und legte mich hinein. Es fühlte sich herrlich an, den Wüstenstaub, und überhaupt die ganzen Strapazen von der anstrengenden Reise, einfach wegzuwaschen. Während ich meinen Kopf einige Male unter Wasser tauchte, spürte ich deutlich, wie sich jede einzelne Körperzelle regenerierte. Das Wasser war so rein und klar, dass ich beschloss, davon zu trinken. Sofort fühlte ich mich wieder kräftig und erfrischt.

Dann hörte ich innerlich erneut die Stimme von Pia zu mir sprechen: *«Die Erde, mein lieber Eloy, war früher ebenfalls so rein und unschuldig wie dieses kleine Bächlein. Wenn die damals noch naturverbundenen Menschen frisches Quellwasser tranken, das direkt dem Schoss der lebendigen Mutter Erde entsprungen war, wurden sie weder alt noch krank. Selbst die Fische konnten damals noch im Einklang mit der Natur leben, da niemand sie auf grausame Weise tötete und ass. Erst viel später, als die Menschheit stetig verdorbener und niederträchtiger wurde, entstanden als Resultat davon immer mehr Krankheiten und Naturkatastrophen. Deshalb sah sich die einst paradiesische Erde leider dazu gezwungen, sich zur Wehr zu setzen. Aber das ist ein anderes Thema.»*

Darauf legte Pia eine Pause ein, damit ich diese Informationen verarbeiten konnte. Ich nutzte die Gelegenheit, um aus dem kühlen Nass zu krabbeln und mich am Ufer des malerischen Bächleins vom milden Sonnenschein trocknen zu lassen. Kurz darauf ging es wie erwartet auch schon weiter mit den Belehrungen.

«An dieser Stelle muss ich leider auch dich, mein guter Eloy, in die Mangel nehmen. Denn wie du bestens weisst, hast auch du dich in deiner vergangenen Inkarnation oftmals vom Fleisch der Tiere ernährt. Durch diese Leichenfledderei hast du dich nicht nur indirekt an einem durch nichts zu entschuldigenden Massenverbrechen beteiligt, sondern gleichzeitig auch dein spirituelles Wachstum verhindert. Wer dem pulsierenden Lebewesen Erde und ihren Geschöpfen in irgendeiner Weise schadet, der schadet sich im Endeffekt selber. Wenn du die Natur

sprechen hören willst, dann lausche den Stimmen der Tiere. Und wie du inzwischen weisst, gibt es auch höhere Intelligenzen, die darüber wachen, dass das Gleichgewicht des Universums nicht gestört wird.»

Tief betroffen von diesen weisen Worten sass ich noch eine Weile am Ufer und dachte über die soeben vernommene Lektion in Sachen wahrer Menschlichkeit nach. Wieder einmal schämte ich mich zutiefst für mein unreifes Verhalten im vergangenen Leben. Meine Güte, was war ich bloss für ein unbewusster, einfältiger Erdenbürger gewesen? Während ich meinen reuigen Gedanken nachhing, hörte ich hinter mir plötzlich ein leises Rascheln. Erschrocken drehte ich mich um, doch zu meiner Erleichterung handelte es sich bloss um ein handzahmes Rehkitz. Das niedliche Tier beschnupperte mich mit treuherzigem Blick, ehe es seinen Durst am Bach stillte. Ich war so froh über ein bisschen Gesellschaft, dass ich das Reh mit einem plötzlich aufkommenden tiefen Mitgefühl beim Trinken beobachtete. Dann fiel mir ein hübsch aussehender, bunt schillernder Fisch auf, der still im Bach verweilte. Es schien mir, als hätte er mich schon die ganze Zeit über gemustert und würde mir nun, als ich ihn endlich bemerkte, freundlich zuzwinkern. Um dem kleinen Fischlein irgendwie zu zeigen, dass ich seine Anwesenheit wohlwollend registriert hatte, zwinkerte ich ihm etwas verlegen zurück. Verlegen deshalb, weil es das erste Mal war, dass ich einen simplen Fisch als vollwertiges Lebewesen mit Intelligenz und Gefühlen wahrnahm.

Nachdem ich auch diese Lektion verinnerlicht hatte, dass man selbst den noch so kleinen Geschöpfen mit Achtung und Respekt begegnen sollte, sauste der verspielte Fisch in rasantem Tempo davon.

Als ich noch eine Weile mit kindlichem Erstaunen an diesem zauberhaften Bachufer sass und still in das kristallklare Wasser blickte, überkam mich plötzlich eine Vision. Im Bruchteil einer Sekunde reiste ich geistig zurück in längst vergangene Zeiten. Während dieser mentalen Zeitreise wurde mir gezeigt, wie rein und unverdorben der Planet Erde einst gewesen war. Sämtliche Geschöpfe dieses ehemaligen Paradieses lebten in Harmonie miteinander. Keinem einzigen Tier wäre es damals in den Sinn gekommen, ein anderes Mitglied dieser perfekt gestalteten Schöpfung aufzufressen. Dann machte ich im Bewusstsein einen Sprung in die Zeit, als bereits Menschen auf dem Planeten lebten. Zunächst friedlich, doch schon bald darauf entwickelten sich die ersten Machtkämpfe.

Die menschlichen Fremdkörper vergassen relativ schnell, dass sie hier eigentlich nur zu Gast waren. Deshalb begannen sie in ihrem Wahn, das wunderschöne Lebewesen Erde, ihre neue Heimat, unter sich aufzuteilen und systematisch zu zerstören. Selbst die mündlichen Überlieferungen aus vergangenen Tagen wurden im Laufe der Zeit immer mehr entstellt und von unendlich vielen Menschen böswillig verfälscht. Diese verdrehten, unvollständigen Berichte fasste man anschliessend in sogenannt heiligen Büchern zusammen, welche sämtliche Kulturen der Zukunft knechten sollten. Als Folge davon entstand unsägliches Leid wie Krieg, Tierquälerei, Machtgier sowie fast die komplette Vernichtung von Mutter Erde. Selbst einige Tierarten übernahmen gemäss dem Gesetz der Spiegelung niedere Verhaltensweisen der Menschen, wie zum Beispiel die

Fleischfresserei. Die einstmals paradiesischen Zeiten des Friedens und der Harmonie waren definitiv vorbei.

Bevor die Vision endete, wurde mir noch kurz ein apokalyptisches Schreckensszenario übermittelt, welches jedoch noch abgewandt werden könnte, und zwar durch sofortiges Umdenken und dementsprechendem Handeln der Erdenbewohner. Zum Abschluss fühlte ich tief in meiner Seele, wie mir der Geist der Natur zusätzlich zu diesen Bildern noch etwas mitteilen wollte. Die Botschaft lautete wie folgt.

«Wenn das Singen der Vögel verschwunden ist, die Meeresbewohner verstummen und alle Wälder abgeholzt sind, wird das der Untergang der Menschheit sein. Eines Tages wirst du, Eloy, in einer anderen Körperhülle zur Erde zurückkehren, um die Menschen darüber aufzuklären. Wisse, dass dies keine Strafe ist, sondern dass du dir diese Aufgabe selber ausgesucht hast. So sei es.»

Darauf verblasste die Vision endgültig und ich erwachte aus diesem wundersamen Tagtraum. Erst jetzt merkte ich, dass sich unterdessen das junge Reh zutraulich neben mich gelegt hatte und mich mit seinen grossen Kulleraugen neugierig anblickte. Als ich lächelnd die Hand ausstreckte, um es zu streicheln, schmiegte das niedliche Tier sein Köpfchen zutraulich an meine Schulter. In diesem Augenblick war ich so glücklich, jemanden an meiner Seite zu haben, selbst wenn es *nur* ein Fisch oder ein Reh war, dass mir vor lauter Zuneigung fast die Tränen kamen. Gleichzeitig jedoch nagte innerlich ein furchtbar schlechtes Gewissen an mir. Ich bereute zutiefst, dass ich früher Tiere aller Art gegessen hatte und schwor, niemals wieder so etwas abscheulich Primitives zu tun. Ein letztes Mal kraulte ich Bambi am Kinn, dann raffte ich mich auf, um die letzte Etappe meiner Reise im Land der Reue anzutreten.

Die Brücke der guten Taten

Nachdem ich eine grosse, mit bunten Blumen bewachsene Wiese durchquert hatte, wurde die Landschaft allmählich wieder etwas hügeliger. Frohen Mutes nahm ich den ersten, noch nicht so steilen Hügel in Angriff. Oben angekommen, hörte ich ganz in der Nähe das Rauschen von einem mächtigen Wasserfall. Gespannt marschierte ich ein bisschen weiter, bis ich eine flache Anhöhe erreichte, die den Blick auf den Wasserfall freigab. Wie ich unschwer feststellen konnte, gab es nur einen einzigen Weg, um die Schlucht mit dem reissenden Fluss unter mir zu passieren. Und zwar eine uralte, steinerne Brücke, deren Zugang jedoch mit einem Tor versperrt war. Genauer gesagt mit einem massiven Eisengitter, welches dazu noch etwa vier Meter hoch war.

Zu meiner Überraschung traf ich hier, auf dieser windigen Hochebene, erstmals seit meinem Aufbruch zu der Reise auf andere Menschen. Insgesamt zählte ich sechs Pilger, die resigniert vor der Brücke warteten. Offensichtlich hatten sie bereits sämtliche Möglichkeiten ausprobiert, um das schwere Eisentor zu öffnen. Einige versuchten es trotzdem weiterhin mit Gewalt, während andere darüber klettern wollten, was natürlich beides völlig aussichtslos war. Dann zog eine zierliche Frau meine Aufmerksamkeit auf sich, die offenbar gerade dabei war, einen versteckten Mechanismus zu suchen. Doch allem Anschein nach war auch dieser Versuch zwecklos.

«Es ist zum Verzweifeln», seufzte die Frau frustriert, «jeden Tag treffen hier neue Reisende ein. Aber bisher hat es noch keiner geschafft, diese verflixte Brücke zu überqueren. Sieh nur, der arme alte Mann dort hinten. Er sitzt schon lange da und scheint total entkräftet zu sein. Aber wie kann ich ihm helfen, wenn ich selber in dieser Sackgasse festsitze?»

Tatsächlich sass etwas weiter weg an einem windstillen Ort ein zerbrechlicher Greis mit entrücktem Blick, der sich erschöpft gegen einen knorrigen Baumstamm lehnte. Sein zerzauster Anblick erweckte sofort mein Mitleid, weshalb ich zaghaft in seine Richtung schlenderte. Denn schliesslich wusste ich ja auch nicht, wie ich ihm helfen konnte.

«Hallo, mein Freund», begann ich etwas zögerlich, «ich heisse Eloy und bin gerade erst hier eingetroffen. Kann ich irgendetwas für dich tun?»

«Vielleicht», murmelte der Alte in seinen weissen Bart, «da vorne gibt es eine Stelle, wo man über die Felsen zum Fluss hinunterklettern kann. Und auf der anderen Seite wieder hinauf. Wenn du mich auf deinem starken Rücken trägst, weise ich dir den Weg.»

Zuerst wollte ich laut hinaus lachen, weil ich diesen Kerl für einen senilen Spinner hielt.

«Du bist mir ja ein schöner Spassvogel», erwiderte ich stattdessen, «hast du gesehen, wie tief diese Schlucht ist?»

Doch kaum hatte ich das gesagt, dachte ich daran, dass es vermutlich immer noch besser wäre, solch einen irrwitzigen Versuch zu wagen, als hier untätig herumzusitzen und auf bessere Zeiten zu warten. Was konnte ich dabei schon verlieren?

Und wenn ich es schon versuchte, dann konnte ich dieses Häufchen Elend ja gleich mitnehmen. So wahnsinnig schwer würde der ja wohl nicht sein.

«Na gut», sagte ich schliesslich, «dann zeig mir, wo die Stelle liegt, und ich werde dich hinübertragen. Wie heisst du eigentlich?»

«Falgar», antwortete der irgendwie seltsame Mann kurz und bündig. Doch dann huschte ein dankbares Lächeln über sein Gesicht und seine Augen funkelten gütig. Langsam und ächzend rappelte er sich auf, während er sich hilflos auf seinen Gehstock stützte. Tief vornüber gebeugt tastete er sich im Zeitlupentempo voran. Offenbar war er derart schwach und kraftlos, dass ihm nur schon das Gehen auf der Ebene äusserste Mühe bereitete. Bei diesem traurigen Anblick flammte wiederum tiefes Mitleid in meinem Herzen auf.

«Meine Güte, wie hast du es überhaupt bis hierher geschafft?», fragte ich entgeistert.

«Das werde ich dir erklären, sobald wir auf der anderen Seite der Schlucht angekommen sind», kam die Antwort.

«In Ordnung, aber zuerst müssen wir einmal einen halbwegs geeigneten Weg finden», rief ich ihm zu. «Komm Falgar, steig auf meinen Rücken. Ich werde dich lieber tragen, sonst brauchen wir ja eine Ewigkeit.»

«Wir befinden uns bereits in der Ewigkeit, mein Sohn», erwiderte der alte Mann geheimnisvoll. Ohne weitere Worte lud ich Falgar auf meinen Rücken und war sogleich von seinem schweren Gewicht überrascht. Während er sich an meinen Schultern festklammerte, schleppte ich mich langsam vorwärts in Richtung Abgrund. Die anderen Leute, die sich immer noch am Tor zu schaffen machten, beobachteten uns belustigt und gaben allerlei spöttische Kommentare von sich.

Alle, ausser der sympathisch wirkenden Frau, mit der ich vorher kurz gesprochen hatte. Als wir an ihr vorübergingen, fragte sie höflich, ob sie mitkommen dürfe.

«Vielleicht kann ich euch unterwegs ja irgendwie behilflich sein?», meinte sie gutmütig. «Zu dritt können wir es vielleicht eher schaffen?»

«Wie heisst du?», wollte Falgar wissen.

«Heather»

«Na gut, liebe Heather, allem Anschein nach hast du ein reines Herz», sprach Falgar auf wie üblich kluge Weise, «und reine Absichten öffnen alle Tore des Universums. Deshalb darfst du gerne mit uns mitkommen.»

So begaben wir uns also zu dritt bis an den Rand des Abgrundes, wo ich nach der besagten Stelle Ausschau hielt.

«Es scheint mir zwar fast ein Ding der Unmöglichkeit zu sein, diese steil abfallenden Felsen hinunterzuklettern», äusserte ich mich etwas stutzig. «Und das erst noch mit einem Passagier auf dem Rücken. Aber egal, wir werden es dennoch versuchen. Schliesslich kann man nur gewinnen, wenn man auch etwas wagt. Nicht wahr, Freunde?»

«Ich will euch nicht zur Last fallen», seufzte Falgar tief. «Lasst mich sonst lieber hier und geht ihr beide allein. Keine Sorge, ich komme schon irgendwie zurecht.»

«Das kommt gar nicht in Frage», protestierte ich energisch, «entweder gehen wir alle zusammen, oder dann gar nicht.»

«Du bist ein wahrer Gentleman, Eloy», säuselte mir Heather leise ins Ohr, «ich werde dich unterstützen, so gut es geht.»

Unerschrocken stapfte Heather voran und begann,

ohne zu zögern, das steile, äusserst gefährliche Gelände hinunterzuklettern, um uns einen geeigneten Weg zu bahnen. Ich folgte ihr ganz langsam, damit sich der arme Greis auf meinem Rücken nicht noch mehr unnötig beunruhigte. Doch schon nach wenigen Metern verlor ich wegen dem zusätzlichen Gewicht auf dem Rücken den Halt und rutschte auf Geröll ein Stück ab. Aber zum Glück konnte ich mich gerade noch in letzter Sekunde an einem grossen Felsbrocken festhalten. Mit zittrigen Beinen blickte ich kurz in die Richtung der spektakulären Schlucht. Weit unten sah ich den reissenden Fluss und auch das brausende Plätschern des Wasserfalls konnte man gut hören.

«Es tut mir furchtbar leid», sagte ich nach einer kleinen Verschnaufpause zu den beiden, «aber dieser Pfad ist wirklich viel zu gefährlich. Es wäre purer Leichtsinn, auf diese Weise, und vor allem ungesichert, die Schlucht durchqueren zu wollen. Kehren wir lieber gleich jetzt um, bevor es zu spät ist.»

Meine Kameraden nickten bestätigend, und so kletterten wir wortlos wieder zum Ausgangspunkt zurück. Nach dieser missglückten Expedition fühlte ich mich so erschöpft, dass ich mich kurz hinlegen musste. Heather war ebenfalls froh, als wir wieder festen Boden unter den Füssen hatten. Nach einer Weile kam Falgar zu mir und legte mir väterlich die Hand auf die Schulter. Dann sagte er leise, aber bestimmt: «Wir sollten zum Brückentor gehen, Eloy.»

«Zum Brückentor?», wiederholte ich zögerlich. «Aber das Eisengitter...»

«...vertrau mir», meinte er bloss augenzwinkernd.

Also nahm ich ihn wieder Huckepack und marschierte zusammen mit Heather zum Eingang der Brücke. Die anderen Leute waren ebenfalls noch nicht weitergekommen und versuchten nach wie vor, mit roher Gewalt das schwere Eisentor irgendwie aufzukriegen. «Oh, seht mal», rief einer von ihnen spöttisch, «da kommt unser wagemutiges Expeditionsteam zurück. Na, ist die Mission in die Hose gegangen? War der alte Mann etwa zu schwer für eine halbe Portion wie dich? Oder die zierliche Frau zu schwach?»

Darauf brachen alle in höhnisches Gelächter aus.

«Hört nicht auf sie», flüsterte uns Falgar zu. «Diese schwachen Geister waren schon zu ihren Lebzeiten auf der Erde fehlgeleitet. Deshalb wird sich das Tor der liebreichen Gedanken und guten Taten für sie erst dann öffnen, wenn sie ihre Lektionen im Land der Reue gelernt haben. So will es das kosmische Gesetz.»

«Woher weisst du das alles, Falgar?», wollte Heather wissen.

Aber noch bevor er antworten konnte, ertönte auf einmal ein metallisch klickendes Geräusch, während das massive Eisengitter wie von unsichtbarer Hand hochgezogen wurde. Da sprang der eben noch vermeintlich altersschwache Falgar flink wie ein Wiesel von meinem Rücken herunter und packte Heather und mich an den Händen.

«Schnell, hindurch», wies er uns an.

Also hasteten wir drei eiligen Schrittes durch das geöffnete Tor und betraten die Brücke. Eine Sekunde später schloss sich die Pforte automatisch wieder, sodass uns die üblen Gesellen nicht folgen konnten.

Wütend schlugen sie auf der anderen Seite gegen das geschlossene Tor und deckten uns mit allerlei

Flüchen und sonstigen unschönen Verwünschungen ein.

«Beachtet sie nicht», sprach Falgar unbeeindruckt, während wir drei Hand in Hand über die Brücke spazierten. «Sobald sie ihre negativen Verhaltensweisen abgelegt haben und rein genug sind, wird sich das Tor auch für diese Pilger öffnen. Vorher können sie nicht weiterreisen.»

Damit war das Thema erledigt. Als wir wenig später auf der anderen Seite der Schlucht ankamen, erblickte ich in einiger Entfernung ein kleines, rundes Häuschen. Mit dem ebenfalls rund gewölbten Kuppeldach, aus dem ein winziger Schornstein herausragte, sah es aus wie ein etwas zu gross geratener Pilz. Doch die cremefarbene Behausung mit den kleinen Fensterchen und dem gemütlich vor sich hin qualmenden Schornstein vermittelte einen äusserst gastfreundlichen Eindruck.

«Willkommen in meiner bescheidenen kleinen Hütte», grinste Falgar verschmitzt. «Ich nenne sie auch die *Villa Glückspilz.*»

«Deine Hütte?», erwiderte ich leicht irritiert. «Aber wie in aller Welt...»

Ich konnte nicht ausreden, denn das herzliche Lachen von Falgar unterbrach mich. Offenbar war er über meine Verwunderung amüsiert.

«Ach Eloy, altes Haus», erklärte er heiter, «der ganze Rummel hier war doch nur eine kleine Prüfung. In Wirklichkeit bin ich der Wächter dieser Brücke. Um zu prüfen, ob die Leute würdig genug sind, die Brücke der guten Taten und reinen Gedanken zu passieren, schlüpfe ich jeweils in die unterschiedlichsten Rollen. Und von jener Gruppe dort drüben waren lediglich du sowie die gute Seele neben dir namens Heather reif genug. Nur dank eueren reinen Absichten war es euch möglich, die magische Pforte zu durchschreiten, die aus dem Land der Reue führt.»

Dann umarmte er Heather, die sich alles ruhig und besonnen mitangehört hatte, innig.

Einen Augenblick später betraten wir das märchenhafte, pilzförmige Rundhaus von Falgar und liessen uns erschöpft, aber glücklich auf seinem Sofa nieder. Als ob das alles noch nicht genug gewesen wäre, geschah erneut etwas Rätselhaftes. Der immer noch alt wirkende Falgar ging kurz in die Küche, um Tee und Kekse zu holen. Doch als er wieder in die Stube zurückkam, war er plötzlich nicht mehr gebrechlich und schwach, sondern kräftig und putzmunter.

«Es tut mir leid, dass ich euch mit meiner äusseren Erscheinung täuschen musste», gestand er mit treuherzigem Blick, «aber es war nur zu eurem Besten. Tja Leute, auch wir Bewohner in den jenseitigen Welten haben unsere Aufgaben und Pflichten zu erfüllen.»

«Ist schon gut, Falgar», winkte ich entspannt ab, «wir verstehen das voll und ganz. Nicht wahr, Heather?»

«Auf jeden Fall, Freunde», fügte sie sanftmütig lächelnd hinzu. «Aber die Hauptsache ist, dass wir das Land der Reue endlich hinter uns lassen können. Auch wenn all die Erfahrungen hier natürlich sehr lehrreich waren.»

«Es freut mich ebenfalls, dass ihr diesen Abschnitt eurer Reise erfolgreich gemeistert habt», ergänzte Falgar abschliessend, «auch wenn ich euch sehr gerne noch etwas länger hier in der Villa Glückspilz als Gäste beherbergen würde. Aber die Arbeit ruft. Inzwischen sind schon wieder neue Wanderer auf der anderen Seite der

Brücke eingetroffen. Und auch auf euch warten noch viele spannende Abenteuer, wie mir Pia mitgeteilt hat. Mehr darf ich dazu aber nicht verraten ...»

Nach diesem gemütlichen Kaffeekränzchen trennten sich unsere Wege. Während sich Falgar für seinen nächsten Einsatz bereit machte, begaben sich Heather und ich gemeinsam zurück in das Haus der Hoffnung, wo wir unsere Mission einst unabhängig voneinander gestartet hatten. Genauer gesagt reisten wir beide mit unseren feinstofflichen Astralkörpern in Sekundenschnelle dorthin zurück, mittels einer kinderleichten Technik, die uns Falgar zum Schluss noch kurz zeigte.

Die Stadt der verlorenen Seelen

«Na, ihr zwei Hübschen?», begrüsste uns Pia neckisch, als Heather und ich in das Erholungsheim zurückkehrten. «Wie ich von meinem werten Kollegen Falgar gehört habe, seid ihr derzeit die einzigen beiden Astralwanderer, die sämtliche Prüfungen im Land der Reue mit Bravour bestanden haben. Herzliche Gratulation!»

«Die Aufgabe ganz am Schluss, mit der Brücke und dem blöden Eisentor, war ganz schön knifflig», gab Heather offen zu. «Ich glaube, ohne Eloy hätte ich das nicht geschafft.»

«Schlussendlich haben dir deine echte Hilfsbereitschaft sowie dein reines Herz den Weg geebnet», erklärte Pia besonnen. «Aber dennoch hast du natürlich recht, liebe Heather. Du und Eloy seid wirklich ein hervorragendes Team. Deshalb haben wir vom *Rat des Lichts* bei unserer heutigen Zusammenkunft einstimmig beschlossen, dass ihr zwei auch die nächste Mission zusammen bestreiten dürft. Ich hoffe, ihr seid damit einverstanden.»

«Oh ja, das ist toll», sprudelte es voller Vorfreude aus mir heraus. Heather nahm meine Hand und drückte sie fest.

«Die Freude ist ganz meinerseits», zwinkerte sie mir strahlend wie ein Engel zu.

«Das ist schön», fuhr Pia fort. Dann legte sie eine kurze Sprechpause ein, bevor sie in etwas ernsterem Tonfall weitersprach. «Leider muss ich euch ebenso mitteilen, dass euch das Lachen vermutlich schon sehr bald vergehen wird. Denn eure nächste Expedition wird euch mitten ins Herz der Hölle führen – und zwar in die Stadt der verlorenen Seelen. Man kennt diesen Ort auch unter dem Namen *Stadt der Grausamkeit*. Selbstverständlich werdet ihr nicht alleine dorthin gesandt, sondern gemeinsam mit einer ganzen Armee aus Lichtarbeitern. Diese Einheit wird angeführt von mehreren ranghohen Engelwesen. Denn da unten wimmelt es nur so von niederträchtigen Seelenfängern.»

Heather und ich schauten uns mit grossen Augen an, während sie meine Hand noch fester drückte.

«Ahem...okay», entgegnete ich so optimistisch wie möglich, «zusammen packen wir das schon. Aber wieso muss es denn ausgerechnet die Hölle sein?»

«Weil wir nur die Mutigsten dorthin schicken können», antwortete Pia ohne Umschweife. «Eure Aufgabe wird darin bestehen, verlorene und herumirrende Seelen, die sich auf einer sehr niederen, geistigen Entwicklungsstufe befinden, aus den dunklen Sphären zu retten. Und dafür braucht es eben lichtvolle Wesen wie euch, die selber schon Leid und Elend erlebt haben und deshalb das nötige Verständnis mitbringen. Abgesehen davon seid ihr beide ausgestattet mit einem starken Willen sowie einer grossen Portion Abenteuerlust.»

«Na gut, wenn es sich um ein Abenteuer handelt, bin ich dabei», meinte Heather achselzuckend. «Wann soll es denn losgehen?»

«Morgen früh bei Sonnenaufgang», sagte Pia aufmunternd. «Ich bin wirklich stolz auf euch. Danke, dass ihr euch so bereitwillig in den Dienst des grossen

Ganzen stellt.»

Am nächsten Morgen noch vor Tagesanbruch begaben sich Heather und ich gemeinsam zum vereinbarten Treffpunkt. Wir waren beide nicht schlecht überrascht, als wir dort buchstäblich eine ganze Armee von Menschen vorfanden. Der Einfachheit halber nenne ich sie Menschen, obwohl es sich in Wirklichkeit eigentlich um bereits verstorbene Menschen handelte. Genauer gesagt um Seelen, die wie ich in einem für menschliche Augen unsichtbaren Astralkörper eingehüllt waren. Zusätzlich hatte sich noch etwa ein Dutzend Engelwesen unter die Gruppe gemischt. Man konnte sie sehr leicht erkennen, denn ihre Aura strahlte um ein Vielfaches heller. Das liegt daran, dass sich Engel in der Regel nie als sterbliche Menschen inkarnieren und daher energetisch auch nicht verunreinigt sind.

Ganz vorne, auf einer Art Podest, befand sich der Anführer dieser bunt gemischten Truppe. Zweifellos musste es sich dabei um ein sehr hohes Lichtwesen handeln, das konnte man an seiner unbeschreiblich kraftvollen und dennoch gütigen Ausstrahlung spüren. Nach einer kurzen Ansprache des Oberengels ging es auch schon los. Mit rasanter Geschwindigkeit sausten wir durch verschiedene astrale Sphären, die den Planeten Erde wie neblige Ringe umgaben. Zuerst durchquerten wir die höheren Ebenen, die noch einigermassen lichtvoll waren. Anschliessend folgten erdnahe Gebiete, in denen nur schummriges Dämmerlicht herrschte. Dann erblickte ich weit unten einen zunächst winzigen blauen Punkt, der immer grösser wurde. Es dauerte einen Moment, bis ich diese blaue Kugel eindeutig als Planet Erde identifizieren konnte. Jawohl, es handelte sich tatsächlich um meine alte Heimat. Doch für irgendwelche nostalgischen Gefühlsausbrüche blieb keine Zeit, da wir dermassen schnell daran vorbeiflogen.

Während wir räumlich immer tiefer herabsanken, beschlich mich allmählich ein beklemmendes Gefühl. Die Erde befand sich mittlerweile weit über uns, irgendwo im schwarzen Weltraum. Langsam aber sicher wurde die Luft stickiger und drückend heiss. Weit unter mir konnte ich pechschwarze Rauchschwaden wahrnehmen, so als ob gerade irgendwo ein Vulkan ausgebrochen wäre. Je mehr wir uns diesem finsteren Reich näherten, desto bedrückter fühlte ich mich. Wenig später liessen wir uns auf dem Gipfel von einem schwarzen, kargen Berg nieder. Von dieser Anhöhe aus konnte man die umliegenden Täler weit unten einigermassen gut überblicken. Dann dämmerte es mir auf einmal schlagartig, wo wir uns befanden. Unter uns, sozusagen direkt vor unserer Nase, breitete sich das gewaltige und furchteinflössende Panorama der Hölle aus. Wie uns jedoch später gesagt wurde, stellte dieses eine Land lediglich einen kleinen Teil dieses dunklen Reiches dar. Schon bei der blossen Vorstellung daran, was uns hier wohl alles erwarten würde, zog sich mein Herz vor Kummer zusammen und ich fühlte eine Art geistige Lähmung.

An diesem unfreundlichen Ort rasteten wir eine Weile, während ich mich insgeheim in die gemütliche Villa Glückspilz von Falgar zurücksehnte. Unser Anführer, der weissgekleidete und leuchtende Erzengel, sprach für die gesamte Einheit ein Gebet, worin er um Schutz und Stärke bat. Anschliessend wurden wir in Patrouillen von je zwei Personen eingeteilt, bevor wir das Feindesland betraten. Zum guten Glück durfte ich diese heikle Mission zusammen mit Heather ausführen, da wir ja bereits ein eingespieltes Team waren. Schliesslich kam eines der dem mächtigen Erzengel untergeordneten Lichtwesen auf uns zu. Das zart wirkende Geschöpf wollte Heather und mich, zu unserem eigenen Schutz, nochmals vor allfälligen Gefahren warnen und uns auf wichtige Verhaltensregeln aufmerksam machen.

«Hallo ihr Lieben, ich heisse Mondblume», stellte sich der weibliche Engel höflich vor. «Falls ihr da unten irgendwie in Schwierigkeiten geraten solltet, dann denkt einfach ganz fest an mich. Eure reinen Gedankenschwingungen werden mich im Bruchteil einer Sekunde erreichen, so dass ich sofort ein Rettungsteam losschicken kann. Denn wie euch Pia bereits mitgeteilt hat, sollt ihr hier in der sogenannten Hölle all jenen Hilfe leisten, die dazu bereit sind, Hilfe überhaupt anzunehmen. Wie ihr wisst, sind wir die glorreiche Armee der Lichtbringer, und wir werden uns in Zweiergruppen überall in diesem finsteren Land verteilen. Ausserdem habt ihr vielleicht bereits festgestellt, dass eure Körper wieder ein bisschen dichter geworden sind. Das ist notwendig, damit ihr in dieser niederen Sphäre überhaupt existieren könnt.»

«Und wo sollen wir jetzt hingehen?», wollte Heather wissen. «Gibt es so etwas wie einen Plan?»

«Oh ja, den gibt es», erklärte Mondblume geduldig. «Euer Einsatzort wird die Stadt der verlorenen Seelen sein. Denkt immer daran, dass ihr hier von allen Arten von Falschheit und Betrug umgeben seid. Glaubt keinem, der euch mit süssen Worten schmeichelt oder euch sonst etwas angeblich Gutes tun will. Seid stets auf der Hut und beherzigt diese Warnungen, dann werdet ihr auch diese Mission siegreich erfüllen.»

Nach diesen eindringlichen Worten ging Mondblume weiter zum nächsten Zweierteam. Heather und ich schauten uns noch ein letztes Mal tief in die Augen, dann machten wir uns mit einem mulmigen Gefühl in der Magengrube auf den Weg in die Hölle.

Im Reich der Hölle

Hand in Hand schwebten Heather und ich vom Berg hinab in diese allerniederste und dunkelste Sphäre, welche die Erde umgibt. Schwere, dunkle Wolken hingen am Horizont. Wie eine alles züchtigende Feuerpeitsche umschlang brütender Dunst diesen abscheulichen Ort der Sorgen und des Verbrechens. Inmitten einer schwärzlichen, baumlosen Einöde ragte eine halb verfallene Stadt empor.

«Das muss die Stadt der verlorenen Seelen sein», flüsterte ich Heather zu. «Und der bedrückenden Atmosphäre nach zu urteilen, muss das zugleich die Hauptstadt der Hölle sein.»

«Und wir befinden uns gleich mittendrin. Wie geht es nun weiter?», erwiderte Heather bedrückt.

«Ich habe keinen blassen Schimmer, aber wir werden bestimmt durch innere Impulse zum richtigen Ort geführt. Vergiss nicht, dass wir auf gar keinen Fall Emotionen wie Angst oder Aggression zulassen dürfen. Sonst befinden wir uns augenblicklich auf derselben niederen Wellenlänge wie die Bewohner hier und sind angreifbar.»

Überall flackerten gespenstische Flammengebilde und es stank im wahrsten Sinne des Wortes bestialisch nach Pech und Schwefel. Mondblume hatte uns erzählt, dass die Höllenbewohner diese nicht materiellen Flammen selbst erzeugen durch ihre heftigen Leidenschaften. Da kam mir ein Spruch in den Sinn, den ich zufällig mal irgendwo gelesen hatte. *Es ist die Leiden-*

schaft, die Leiden schafft. Anscheinend musste da wohl etwas Wahres dran sein.

Dann war es schliesslich so weit. Zusammen mit Heather betrat ich dieses schreckliche Territorium. Nachdem sich unsere Augen an die Dunkelheit gewöhnt hatten, gingen wir langsamen Schrittes voran in Richtung Stadt. Wir mussten *höllisch* aufpassen, wo wir hintraten, denn auf dem Boden wimmelte es nur so von ekligem Gewürm und anderen abscheulichen Dingen. Direkt neben uns entdeckten wir einen kleinen See oder, besser gesagt, einen abartig stinkenden Tümpel. Am Ufer dieser Pfütze krochen schleimige Kreaturen von scheusslicher Gestalt im klebrigen Schlamm. Entsetzt wandten wir uns ab und hasteten eilig weiter. Es gab nur einen einzigen Weg, der in die Stadt der verlorenen Seelen führte. Und dieser war regelrecht durchtränkt von Blut und Tränen. Denn hier, wo diese Teufel aus den niedersten Höllensphären ihr Unwesen trieben, markierte eine breite Spur von Zerstörung und Leiden den Pfad.

Wenig später erreichten wir die Stadt. Bucklige, dunkle Kreaturen mit klauenähnlichen Fingern kreuzten unseren Weg. Schon ziemlich bald fiel mir auf, dass es hier *nur* solche Zombies gab. Bedauernswerte Geschöpfe mit missgestalteten Körpern und verdrehten Gliedern, die mit irgendwelchen zerschlissenen Lumpen bekleidet waren. Es war ein äusserst grotesker und zugleich trauriger Anblick. Wie erwartet dauerte es nicht lange, bis uns einer dieser moralisch verkommenen Individuen anquatschte. «Na, ihr zwei Hübschen?», säuselte die zerlumpte Figur mit süsslicher Stimme. «Wie es aussieht, seid ihr neu hier. Gerade erst angekommen, stimmt's? Soll ich euch die Stadt zeigen? Ich kenne mich hier nämlich ziemlich gut aus.»

Obschon dieser dubiose Kerl in äusserst freundlichem Tonfall zu uns sprach, entging mir natürlich nicht, wie seine Augen voll boshafter List und Tücke aufblitzten. Offenbar verbarg sich hinter der sonst schon schmutzigen Fassade ein noch viel gemeinerer Geist.

Mein erster Impuls war, sich auf keinen Fall auf ihn einzulassen und einfach weiterzugehen. Doch dann schien es mir plötzlich, als wollte mir Mondblume telepathisch etwas mitteilen. In dieser dichten Atmosphäre konnte ich die Botschaft jedoch nur verzerrt und bruchstückhaft empfangen. Wortlos blickte ich Heather an, die offensichtlich dieselbe Wahrnehmung hatte.

«Mondblume sagt Ja», flüsterte sie mir unbemerkt zu.

Inzwischen wurde unser neuer Freund langsam ungeduldig.

«Na, was ist nun?» hakte er nach, immer noch krampfhaft bemüht, zuvorkommend zu sein. «Stadtrundgang gefällig oder nicht?»

«Okay, wieso nicht», antwortete Heather demonstrativ zynisch, «du kannst uns ja gerne die Sehenswürdigkeiten für Touristen zeigen, falls es in diesem ständigen Dämmerlicht überhaupt etwas zu sehen gibt.»

«Oh, Spione...äh, Touristen?», verplapperte sich der hässliche Halbzwerg. «In dem Fall werde ich euch am besten zuerst unsere wunderschöne Kirche zeigen. Soviel ich weiss, halten sie um diese Zeit gerade die tägliche Messe ab.»

Da es unser charmanter Stadtführer nicht für nötig hielt, sich uns überhaupt erst vorzustellen, beschlossen

Heather und ich, ihn einfach Pflaumi zu nennen. Denn aus irgendeinem unerklärlichen Grund erinnerte er uns an eine faule, stinkende, halb verdorrte Pflaume. Während wir Pflaumi wortlos in Richtung Kirche folgten, konnten wir uns ein heimliches Kichern nicht verkneifen.

Nach einem kurzen Fussmarsch erreichten wir ein gigantisches Gebäude, ausgestattet mit einem Kuppeldach aus purem Gold. Abgesehen vom Dach glich die angebliche Kirche eher einer baufälligen Ruine. Wie alles hier war das Gebäude bloss das geistige Abbild, welches den unterentwickelten seelischen Zustand der Bewohner widerspiegelte. Mit Sicherheit musste es irgendwo auf der Erde ein irdisches Gegenstück zu diesem Bau geben. Das Gebäude auf der Erde war vermutlich ein prächtiger Palast mit Türmen und dem ganzen Schnickschnack, wohingegen dieser Bruchbude hier der unheilvolle Hauch des Todes und des Verderbens anhaftete. Stolz führte uns Pflaumi ins Innere, wo tatsächlich gerade eine Zeremonie, vermutlich eine schwarze Messe, abgehalten wurde. Auf den Sitzbänken hockten die Teilnehmer dieses unseligen Rituals zusammengequetscht wie in einer Sardinenbüchse nebeneinander und starrten wie gebannt nach vorne. Der Saal war riesig und das hohe Kuppeldach befand sich weit über unseren Köpfen.

Irgendwie fasziniert von diesem gottlosen Treiben liess ich meinen Blick durch den Raum schweifen, bis er schliesslich ganz vorne haften blieb. Dort stand auf einer erhöhten Bühne ein majestätischer Thron, der die Aufmerksamkeit von allen magisch auf sich zog. Auf diesem Thron sass stolz und eitel ein Wesen, das direkt dem schlimmsten Albtraum hätte entspringen können, den man sich vorstellen kann. Es handelte sich um ein widerwärtiges und abschreckendes Beispiel verkommener Menschlichkeit. In seinem Gesicht war die Grausamkeit so ausgeprägt, dass seine scharfgeschnittenen Züge und eiskalten Augen denen eines wilden Aasgeiers glichen.

«Das muss wahrhaftig der Hohepriester der Hölle sein», flüsterte mir Heather ins Ohr. «Es fehlen bloss noch die Hörner, dann wäre das Bild perfekt.»

Genau in diesem Augenblick fiel sein Blick auf uns. Offensichtlich besass der finstere Höllenfürst eine Art Röntgenblick, der es ihm ermöglichte, seine Untertanen buchstäblich zu durchschauen. Deshalb war es für ihn ein Leichtes, das lichtvolle, nicht in diese dunkle Sphäre gehörende Energiefeld, welches Heather und mich wie ein Heiligenschein umgab, sofort zu erkennen.

«He, ihr zwei da hinten», hallte seine tiefe Stimme wie unheilverkündendes Donnergrollen durch den Raum. «Wer seid ihr? Und was habt ihr hier in meinem Reich zu suchen?»

Gleichzeitig drehten sich ungefähr zweihundert Köpfe in unsere Richtung, wobei uns all die feindseligen Blicke wie Giftpfeile zu durchbohren schienen. Ich konnte deutlich fühlen, wie eine Welle von Kälte und Hass mich durchzuckte, die von diesem Ort und all den hässlichen Kreaturen hier ausging. Aus den Augenwinkeln beobachtete ich, wie Pflaumi, der neben mir sass, dieses Schauspiel sichtlich genoss, das jetzt gleich folgen würde.

Einerseits war mir natürlich klar, dass er uns absichtlich in diese brenzlige Situation gebracht hatte. Andererseits sind wir ja freiwillig mit ihm mitgegangen, weil es hier eventuell eine Aufgabe für uns zu erledigen gab.

Während ich innerhalb von wenigen Sekunden über all das nachdachte, fiel mir plötzlich eine Frau auf, die schräg vor mir sass. Denn als sich unsere Blicke kurz begegneten, sah ich in ihren Augen aufrichtige Gefühle aufblitzen, die eindeutig nicht in diese Ebene passten. Es war eine Mischung aus Hilfsbereitschaft, Reue und Verzweiflung. Im selben Moment nahm ich in ihren Augen eine schwache Spiegelung ihres irdischen Lebens wahr, während mir innerlich bruchstückhafte Sequenzen von ihrem Lebensfilm gezeigt wurden. Gemäss diesen Bildern war diese Frau in der Hölle gelandet, weil sie auf der Erde wirklich schlimme Dinge getan hatte. Unter anderem hatte sie aus Kummer und Geldnot ihr eigenes Baby getötet. Doch nun hatte sie genug gelitten und somit den hohen Preis für alle ihre irdischen Sünden bezahlt. Diese geläuterte Seele sehnte sich nur noch aus tiefstem Herzen nach Licht und nach seelischer Weiterentwicklung.

«Eloy, ich glaube, wir wurden hierhergeführt, um diese arme Frau zu erlösen», raunte Heather so unauffällig wie möglich. Offenbar hatte sie dieselben Impulse wie ich empfangen.

Der bösartige Kerl auf dem Thron schaute uns immer noch fordernd an. Doch inzwischen hatte er listig seine Taktik geändert. Anstatt wie vorher aggressiv herumzubrüllen, wirkte sein Tonfall nun auf einmal mild oder, besser gesagt, überfreundlich schleimig.

«Es tut mir leid, ich wollte euch nicht erschrecken», lächelte er bemüht. «Wie es scheint, seid ihr beide Neulinge hier. Bitte kommt doch zu mir nach vorne, dann können wir gebührend darauf anstossen. Es wäre mir eine Ehre, euch ein Gläschen Wein anbieten zu dürfen.»

Heather und ich waren dermassen überrumpelt von diesem unerwarteten Angebot, dass wir etwas unbeholfen einwilligten.

Beim Vorbeigehen wisperte die eigenartige Frau in der Sitzreihe vor uns warnend: «Nehmt hier auf keinen Fall Speis und Trank an. Der feurige Wein trocknet die Kehle aus und erhöht den Durst um das Tausendfache. Und lasst euch ja nicht dazu verführen, euch auf seinen Thron zu setzen. Sonst werdet ihr von Nägeln aufgespiesst, die aus der Rückenlehne herausschiessen. So ist es schon vielen vor euch ergangen.»

Ich zwinkerte ihr dankend zu. Doch Pflaumi, der ebenfalls mitgehört hatte, zischte sie herrisch an: «Diese verräterischen Worte werden dich noch teuer zu stehen kommen, darauf kannst du dich verlassen. Gleich nach der Messe werde ich das nämlich dem Chef melden.»

Kurz darauf standen Heather und ich also vor der versammelten Gemeinschaft dieser reizenden Stadt. Der teuflische Zeremonienmeister erhob sich mit einem hämischen Grinsen von seinem mit allerlei Totenköpfen geschmückten Thron.

«Wie es bei uns üblich ist, dürfen Gäste jeweils auf meinem bescheidenen Sessel Platz nehmen und ein Glas Wein trinken. Keine Angst Freunde, mein Thron ist so breit, dass ihr euch bequem nebeneinander hinsetzen könnt.»

«Das ist sehr nett, danke», entgegnete ich dem schwarzmagischen Priester bestimmt. «Wir wissen deine Gastfreundlichkeit wirklich zu schätzen. Aber leider müssen wir das Angebot ablehnen.»

Darauf begannen die Augen des Tyrannen zornig zu

funkeln. «Aha, die elende Verräterin da hinten hat euch also gewarnt? Denkt ihr etwa, dass in diesem Gebäude irgendjemand etwas vor mir verheimlichen kann? Und nun setzt euch gefälligst hin und trinkt! Habt ihr das verstanden?»

Ein unterwürfiger Diener streckte uns in geduckter Haltung ein Tablett entgegen, auf dem zwei prall gefüllte Gläser mit einer dunkelroten Flüssigkeit standen. Das Charisma des Herrschers war im negativen Sinn dermassen kraftvoll und lähmend zugleich, dass man sich fast nicht gegen seine eindringlichen Befehle wehren konnte. Doch in dem Moment, als ich eine gefühlte Sekunde lang nicht mehr Herr meiner Sinne war und nach dem Getränk greifen wollte, erhob sich plötzlich die Frau von vorhin in der hinteren Sitzreihe.

«Nein, tu es nicht!», schrie sie in voller Lautstärke. «Denk an meine Worte!»

Dank ihrer erneuten Warnung wurde ich unverzüglich aus meiner geistigen Umnachtung gerissen und konnte wieder klar denken. Dann überstürzten sich die Ereignisse.

Mit bösem Blick streckte der Teufelspriester den linken Arm aus und hielt seine offene Handfläche gegen die Frau gerichtet, die ungefähr zwanzig Meter von ihm entfernt sass. Dazu murmelte er eine schwarzmagische Formel vor sich hin und im selben Augenblick schoss ein nicht sichtbarer Energiestrom aus seiner Hand. Darauf sackte die Frau augenblicklich zusammen und blieb bewusstlos zwischen den Sitzbänken liegen.

«Und nun zu euch, ihr elenden Spione aus höheren Sphären», fauchte er angriffslustig wie ein ausgehungertes Raubtier. Mit einer überraschend blitzschnellen Bewegung packte er Heather am Haarschopf und schubste sie auf den Thron, bevor sie überhaupt reagieren konnte. Weil sie von diesem hinterhältigen Angriff dermassen überrascht war, blieb sie vor Schreck wie gelähmt sitzen und rührte sich nicht von der Stelle. Dank dem Hinweis von vorhin wusste ich natürlich, dass nun vermutlich gleich eine Ladung rasiermesserscharfer Nägel aus der Rückenlehne schiessen und Heather von hinten aufspiessen würde.

Im Saal des als Kirche missbrauchten Gebäudes war es mucksmäuschenstill. Sämtliche Augenpaare waren wie gebannt auf uns gerichtet. Da kamen mir die Worte in den Sinn, die uns Mondblume extra noch eingetrichtert hatte. *«Falls ihr in Schwierigkeiten geraten solltet, dann denkt einfach ganz fest an mich, oder ruft laut meinen Namen.»* In Anbetracht der ausweglosen Situation tat ich genau das.

«MONDBLUME», schrie ich so laut ich konnte, «Mondblume, bitte hilf uns!»

Der grimmige Diktator schäumte fast vor Wut, da er Engel abgrundtief hasste.

«Na warte, du Mistkerl», knurrte er mich an, «dir werde ich es gleich zeigen.»

Schnaubend griff er nach dem prallvollen Glas, das er eben noch als Rotwein angepriesen hatte, dann stapfte er damit direkt auf mich zu. Offenbar beabsichtigte er, mir das giftige Hexengebräu gewaltsam einzuflössen.

«Dir werde ich die Flausen schon noch austreiben, darauf kannst du dich verlassen. Und mit deinem kindischen Mondblumen-Mist kannst du von mir aus...»

Doch der Teufel konnte seine Drohung nicht zu Ende sprechen. Denn mitten im Satz öffnete sich, weit oben an der Decke des Gebäudes, ein ätherisches Dimensionstor aus purem Licht. Im selben Augenblick strömten exakt elf, in reinstem Weiss strahlende Engel durch diese magische Pforte. Zu meinem grossen Erstaunen erkannte ich Mondblume, die das himmlische Rettungsteam anführte. In ihrer Hand hielt sie ein golden schimmerndes Schwert.

Vor lauter Ehrfurcht duckten sich alle im Saal Anwesenden und hielten sich verängstigt die Hände vor die Augen. Denn so viel geballte Lichtenergie auf einmal konnten sie in ihrem derzeitigen seelischen Entwicklungsstadium schlichtweg nicht ertragen. Der Höllenfürst selber wurde bei diesem unliebsamen Besuch hingegen nur noch wütender. Hastig packte er den dreizackigen Speer, der sich neben dem Thron befand. Diesen hielt er abwehrend in die Luft, während er dazu erneut irgendeine satanische Beschwörungsformel in den Raum brüllte. Die mächtige Armee der Engel interessierte dieses für sie lächerliche Geplapper jedoch herzlich wenig. Denn die ganze Gruppe war umgeben von einem Schutzwall aus leuchtenden Flammen und somit absolut unangreifbar.

Mondblume brauchte bloss ihr goldenes Schwert auf den Priester zu richten, um ihn wortwörtlich in die Knie zu zwingen. Im nächsten Augenblick spürte ich, wie ich sanft in die Lüfte gehoben wurde. Dasselbe passierte auch mit Heather sowie der anderen Frau, die immer noch bewusstlos zwischen den Bänken lag. Bevor wir diesen finsteren Ort verliessen, blickte ich nochmals auf die Szenerie unter mir. Auf dem Fussboden kauerte immer noch der diabolische Möchtegern-Priester mit dem Dreizack in der Hand. Er wurde durch höhere Mächte so lange niedergedrückt, bis wir uns ausser Reichweite befanden. Neben ihm lagen die zwei zu Bruch gegangenen Weingläser. Dort, wo die Flüssigkeit ausgelaufen war, hatte sich der Fussboden verätzt und giftige Dämpfe stiegen empor. Bei der Rückenlehne des Thrones waren inzwischen tatsächlich spitze Pfeile sichtbar, die mit tödlicher Präzision herausgeschnellt waren. Aber zum Glück erst, nachdem Heather bereits in Sicherheit war. Und zu guter Letzt erblickte ich ganz hinten unseren reizenden Kumpel Pflaumi, der sich gerade in geduckter Haltung aus dem Staub machte. Vermutlich würde er sich in diesem lustigen Verein nicht mehr so schnell blicken lassen, da sich sein ach so mächtiger Boss wegen ihm gerade ziemlich blamiert hatte.

Während ich all diese verschiedenen Eindrücke in mich aufsog, schloss sich das Dimensionstor wieder und unser Erste-Hilfe-Team schwebte locker flockig davon. Wenig später landeten wir auf derselben Hochebene, die uns bereits bei unserer Ankunft in der Hölle als Basislager gedient hatte.

«Na, meine Lieben, das war aber buchstäblich Rettung in letzter Sekunde», lächelte Mondblume so entspannt, als wäre sie gerade von einem gemütlichen Waldspaziergang zurückgekehrt. «Ihr müsst jedoch wissen, dass ihr grundsätzlich dieselbe Macht in euch habt, um euch das nächste Mal selbst zu retten.»

«Das nächste Mal?», wiederholte Heather leicht irritiert. «Was meinst du denn damit?»

«Tja, eure erste Mission war bloss eine kleine Aufwärmübung. Ab jetzt gilt es ernst.»

«Aber Mondblume», fragte ich beunruhigt, «wir waren soeben in der Hauptstadt der Hölle, wo wir beinahe vergiftet und aufgespiesst wurden. Wie um Himmels willen kann es *noch* ernster werden?»

«Das werdet ihr bald sehen», kicherte Mondblume schelmisch, «die Hölle ist weitaus grösser als ihr denkt. Aber eure erste Aufgabe, nämlich diese Frau hier zu retten, habt ihr auf jeden Fall mit Bravour gemeistert. Sie wird nun von einem Engel in die nächsthöhere Sphäre geleitet. Und eines fernen Tages, wenn sie sich bis in die lichtvollen Ebenen emporgearbeitet hat, wird auch sie hierher zurückkehren, um andere sogenannte Sünder von ihren Leiden zu erlösen. Denn nur wer gibt, wird auch dementsprechend empfangen.»

«Kannst du uns denn schon verraten, wo uns unsere nächste Mission hinführen wird?», fragte ich neugierig.

«Ja, das kann ich in der Tat», antwortete Mondblume gelassen. «Eure nächste Reise wird euch in diverse Gebiete dieses unermesslich riesigen Höllenreichs führen. Denn überall warten reumütige Seelen darauf, gerettet zu werden. Weil ihre Gebete aus tiefstem Herzen kommen, sind sie von den dafür zuständigen himmlischen Instanzen auch erhört worden. Jetzt liegt es an euch, diese geläuterten Geister ausfindig zu machen. Zuerst werdet ihr in das berüchtigte Land der Finsternis gesandt. Dort ist die Atmosphäre ebenso verdunkelt wie die Seelen der Bewohner. Doch jetzt solltet ihr euch zunächst einmal richtig ausruhen, bevor ihr euch ins nächste Abenteuer stürzt.»

Im Land der Finsternis

«Es wurde beschlossen, dass ich euch zu eurer eigenen Sicherheit sowie zu Lernzwecken ein Stück des Weges begleiten werde», teilte uns Mondblume mit, während Heather und ich uns für die nächste Reise ins Ungewisse bereit machten. Wenig später verliessen wir also zu dritt unser gut geschütztes Basislager, das weit oben auf einer Hochebene lag. Ja, selbst in der Hölle gibt es hohe Berge. Das Gebirge, in dem sich unser Versteck befand, nannte man auch *die Berge des Elends*. Dabei handelte es sich um geistige Ebenbilder des Hochmuts. Deshalb heisst es im Volksmund auch sehr treffend: *Hochmut kommt vor dem Fall*. Denn all jene Menschen, die in ihrem irdischen Leben hochmütig und skrupellos waren, müssen hier ihr selbst verschuldetes Karma abarbeiten.

Unterwegs trafen wir zum Beispiel einen ehemaligen Diktator, der Tausende von Menschenleben auf dem Gewissen hatte. Nun, nach seinem physischen Tod, war er buchstäblich so tief gefallen, dass er in der Hölle gelandet war. Weil er innerlich jedoch immer noch von grenzenlosem Hochmut und egoistischem Stolz erfüllt war, wollte er sich von uns auch nicht helfen lassen.

«Dieser arme Kerl ist noch lange nicht reif für Hilfe aus höheren Ebenen», erklärte uns Mondblume. «Er muss noch lange Zeit hier in den Bergen des Elends herumwandern, bis er zur nötigen Einsicht gelangt. Und auf seinen Wanderungen wird er noch sehr oft mit den bösen Taten seiner Vergangenheit konfrontiert werden.

Uns bleibt also nichts anderes übrig, als ihn seinem Schicksal zu überlassen und ihn seines selbst gewählten Weges ziehen zu lassen.»

Danach durchquerten wir das karge Tal der Selbstsucht. Es war neblig, grau und auch sonst in höchstem Masse trostlos. Wiederum trafen wir auf viele zerlumpte Geschöpfe, die uns feindselig und angriffslustig anstarrten. Die meisten von ihnen hatten scheinbar immer noch nicht realisiert, dass sie gemäss menschlichen Begriffen schon längst tot waren. Oder vielleicht wollten sie es ganz einfach nicht wahrhaben und spielten sich weiterhin etwas vor.

«Wir befinden uns jetzt in einer Region, in der Geister wohnen, die in ihrem Leben nichts anderes gekannt haben als Genusssucht und sonstige selbstsüchtige Leidenschaften», klärte uns Mondblume auf. «In ihrer nicht in Worte zu fassenden Verblendung rennen sie selbst hier noch materiellen Dingen wie Geld und sonstigem schnöden Mammon hinterher. Aber wie ihr seht, besitzt nach dem Tod jeder nur das, was er durch sein irdisches Leben verdient hat.»

«Gibt es denn hier gar keinen Hoffnungsschimmer für all diese verirrten Seelen?», wollte Heather wissen.

«Doch, selbstverständlich», antwortete Mondblume. «WIR sind die Hoffnung. Ununterbrochen wandeln hier, meistens unerkannt, unzählige Lichtwesen und Engel umher – mitten im Getümmel. Aber wie ihr bereits selber festgestellt habt, nehmen uns die meisten dieser verdunkelten Geister gar nicht wahr. Oder noch schlimmer; sie reagieren aggressiv, weil sie die hohe Lichtschwingung nicht ertragen, die von uns ausgeht. Aus diesem Grund fühlen sie sich bedroht.»

«Das kommt mir irgendwie bekannt vor», fügte ich bestätigend hinzu, «denn, wenn ich ehrlich bin, war ich früher auch nicht besser. Oftmals habe ich mich zum Beispiel lieber genüsslich in meinem eigenen Elend gesuhlt, als mir von jemandem helfen zu lassen. Und sämtliche Leute, die es eigentlich gut mit mir meinten, habe ich jeweils weggejagt in meinem benebelten Geisteszustand.»

«Tja, so funktioniert das nun mal», seufzte Mondblume theatralisch, «der Mensch ist eben ein Gewohnheitstier. Er gewöhnt sich sogar an unerträgliche Lebensumstände mitsamt allen dazugehörigen psychischen Blockaden. Irgendwann wird es dann schliesslich zu seinem bevorzugten Lebensinhalt, dauernd Probleme zu wälzen.»

Bei dieser Bemerkung mussten Heather und ich beide lachen.

«Du hast recht, Mondblume», schmunzelte Heather amüsiert. «Stell dir vor, die Menschen hätten plötzlich keine Probleme mehr. Was würden sie dann den lieben langen Tag machen? So ein Lebensgefühl, wie erfüllt zu sein von einer Art friedlicher Gelassenheit, wäre doch bestimmt für viele unerträglich.»

Nachdem wir das trostlose Tal der Selbstsucht hinter uns gelassen hatten, wurde die Landschaft wieder etwas hügeliger. Allzu viel konnte man hier jedoch nicht erkennen, weil alles in ein ungemütliches Dämmerlicht getaucht war. Analog zum geistigen Dämmerlicht der Bewohner. Allmählich türmten sich vor uns wieder grössere Felsbrocken auf, und auch die Luft fühlte sich plötzlich kühler an.

«Wir betreten nun erneut eine Gegend mit relativ hohen Bergen», liess uns Mondblume wissen, «aber keine Angst, wir werden nicht bis ins Herz von diesem Gebirgsmassiv vordringen, wo schwarzer Schnee liegt.»

«Schwarzer Schnee? Echt?», hakte ich verblüfft nach.

«Ja, und ausserdem gibt es da oben sogar einen Gletscher – aus pechschwarzem Eis.» Mondblume zeigte mit der Hand in eine bestimmte Richtung.

«Dort oben, im Land des Frostes wohnen ganz üble Kreaturen. Einige davon sind eingesperrt in Eiskäfigen, weil sie sonst zu viel Schaden anrichten könnten. Viele von ihnen waren einst hohe Staatsmänner oder schwerreiche Geschäftsleute. Kalt, berechnend, und nur an ihre eigenen Bedürfnisse denkend. Jetzt müssen sie die Kälte, die sie ihren Mitmenschen angetan haben, am eigenen Leib erfahren. Und zwar so lange, bis ihr gefrorenes Herz auftaut und sie aufrichtig bereuen. Erst dann kann ihnen geholfen werden. Aber bis dahin können noch Jahre, wenn nicht sogar Jahrzehnte vergehen.»

Nach diesen delikaten Enthüllungen wanderten wir eine Weile schweigend durch dieses beklemmend zwielichtige Land. Währenddessen dachte ich darüber nach, ob die Menschen auf der Erde ihr Verhalten wohl ändern würden, wenn sie wüssten, dass jede Tat irgendwann, irgendwo, in irgendeiner Form auf den Verursacher zurückfällt. Aber vermutlich eher nicht, da die meisten schlichtweg zu einfältig sind, um sogar die einfachsten Grundregeln des Universums zu verstehen.

Mittlerweile hatte ein leichter Nieselregen eingesetzt, dazu pfiff uns ein äusserst unangenehmer Sturmwind um die Ohren.

«So, da sind wir», riss uns Mondblume schliesslich aus unseren trüben Gedanken. «Direkt vor uns erstrecken sich, natürlich gut versteckt, die Höhlen des

Schlummers. Herzlich willkommen.»

«Die Höhlen des Schlummers?», wiederholte Heather in skeptischem Tonfall. «Was hat das wohl wieder zu bedeuten?»

«Der Name rührt daher, dass hier allerlei Gestalten, die keinen Funken von Intelligenz besitzen, vor sich hinschlummern», klärte uns Mondblume auf. «Und das sind hauptsächlich ehemalige Drogensüchtige, Alkoholiker oder auch Selbstmörder, um nur einige davon zu nennen.»

«Hoppla, für einen Engel gehst du aber ganz schön hart ins Gericht mit denen», bemerkte ich halblaut.

Doch Mondblume ging nicht auf diesen Kommentar ein. Stattdessen sagte sie: «Wir werden uns diese Sache jetzt gleich etwas genauer anschauen. Anschliessend werdet ihr das alles besser verstehen. Bitte folgt mir, es gibt hier bestimmt einige, die ein bisschen seelische Unterstützung vertragen können.»

Heather und ich gingen zögerlich hinter unserer Lehrerin her, die sich hier bestens auszukennen schien. Nach einem kurzen Fussmarsch über Stock und Stein erreichten wir eine kalte, graue Felswand. Zumindest auf den ersten Blick sah es aus wie eine ganz normale Felswand. Bei genauerem Hinschauen jedoch konnte man, gut getarnt von riesigen Felsbrocken, so etwas wie Höhleneingänge erkennen.

Nur schon von unserem Standort aus zählte ich sechs verschiedene Eingänge. Mondblume streckte den Arm aus und hielt ihre Handfläche gegen die unscheinbaren Öffnungen im Berg gerichtet. «Ich messe gerade die energetischen Schwingungen», erläuterte sie, «dadurch kann ich feststellen, wo es hilfsbedürftige Seelen gibt, deren aufrichtigen Gebete erhört wurden.»

Darauf marschierte sie zielstrebig auf den zweiten Eingang von links zu. «Kommt mit, Freunde, da drin wartet eine Menge Arbeit auf uns.»

Schweigend betraten wir drei Botschafter aus lichtvolleren Welten die von Mondblume auserkorene Höhle. Wie erwartet konnte man auch hier nicht wahnsinnig viel erkennen. Zumindest, bis sich die Augen an das fahle Schummerlicht gewöhnt hatten.

In einer dunklen Ecke sah ich eine schmuddelige Gestalt hocken, die mich mit leerem Blick anstarrte. Dabei handelte es sich um ein männliches Wesen.

«Dieses bemitleidenswerte Geschöpf hier», unterrichtete uns Mondblume, «nennen wir ihn einfach mal Xilo, war in seinem letzten Leben ein starker Alkoholiker. Seht nur, wie fürchterlich sein immer noch benebelter Geist leidet. Die Nachwirkungen des schändlichen Missbrauchs, den Xilo mit seinem Körper auf Erden getrieben hatte, sprechen für sich. Und weil er nach wie vor ein Sklave seiner niederen Begierden ist, wird er durch ein dunkles Band immer wieder zur Erde hinabgezogen.»

«Du meinst also, dass wir hier bloss eine Art leere Hülle vor uns haben?», fragte Heather wissbegierig.

«Ganz genau», fuhr Mondblume mit ihren Unterweisungen fort, «wir sprechen hier von einer sehr primitiven Form von Leben. Manchmal gibt es sogar auch nur leere, seelenlose Astralhüllen. Das sind dann im Prinzip lediglich nutzlose Abfallprodukte, ohne jegliche Intelligenz. Das heisst, ein Magier könnte sich dieser verlassenen Astralhüllen bemächtigen und sie für seine eigenen Zwecke missbrauchen. Aber das ist ein anderes Thema. Wir hingegen werden jetzt einen kleinen Ausflug machen, um den armen, herumirrenden Geist ausfindig zu machen. Seid ihr bereit?»

Heather und ich nickten beide aufgeregt. Wir konnten es kaum erwarten, dieser ziemlich ungewöhnlichen Sache auf den Grund zu gehen. Darauf nahm uns Mondblume bei der Hand, und im selben Augenblick glitten wir mit unseren astralen Lichtkörpern durch Raum und Zeit.

Ich glaubte, meinen Augen nicht zu trauen. Auf einmal befanden wir uns tatsächlich wieder auf der guten alten Erde. Und zwar mitten in einem schäbigen, heruntergekommenen Viertel einer Grossstadt. Allem Anschein nach handelte es sich um irgendeine amerikanische Metropole.

«Bevor wir uns ins Getümmel stürzen, möchte ich euch noch ein paar wichtige Hinweise geben», informierte uns Mondblume. «Erstens sind wir hier bloss zu Besuch. Das bedeutet, dass wir für die Menschen unsichtbar sind. Zweitens können wir problemlos durch Mauern hindurchgehen, da feste Materie für unsere feinstofflichen Körper kein Hindernis darstellt. Ausserdem werdet ihr schon sehr bald feststellen, dass ihr nicht nur die geheimen Gedanken der Leute lesen, sondern auch die daraus resultierenden Folgen voraussehen könnt. Plus noch ein paar weitere Kleinigkeiten ... erschreckt also nicht.»

Darauf schlenderten wir drei gemächlich durch die belebte Strasse in diesem Vergnügungsviertel. Es betrübte mich fast ein wenig, dass uns niemand wahrnehmen konnte, denn ich hätte nur allzu gerne mit dem einen oder anderen vorbeigehenden Passanten ein wenig geplaudert. Nach irdischer Zeitrechnung war es gerade Samstagabend. Deshalb wimmelte es hauptsächlich von jungen Leuten, die sich gut gelaunt amüsierten. Überall blinkten und glitzerten bunte Werbetafeln, die sich auf dem nassen Asphalt der Strasse spiegelten. Der vertraute Geruch von gebratenem Essen stieg mir in die Nase. Hinter uns hörte ich ausgelassenes Gelächter von einer Gruppe Mädchen und etwas weiter vorne raste ein Streifenwagen der Polizei mit Blaulicht vorbei. Für einen kurzen Moment erfüllte mich ein nostalgisches Gefühl von Heimweh. Denn diese ganze lebhafte Szenerie erinnerte mich an meine eigene Jugendzeit, als wir an den Wochenenden jeweils unbeschwert durch die Gassen gezogen waren. Doch diese melancholische Gefühlsregung verflog zum Glück relativ schnell wieder. Im Unterschied zu früher besass ich in meinem jetzigen Zustand nämlich die Gabe, die man am besten als hellsichtig beschreiben könnte. Das heisst, ich konnte mit meinem erweiterten Bewusstsein nun einiges mehr erkennen als bloss die stumpfe, dreidimensionale Realität der normalen Menschen.

Allein schon diese Feststellung erschreckte mich beinahe zu Tode – wenn ich nicht schon tot gewesen wäre. Zum Beispiel sah ich sturzbetrunkene Säufer, die halb bewusstlos zwischen stinkenden Mülltonnen liegend vor sich hinvegetierten. Diesen traurigen Anblick von Obdachlosen in der Gosse war ich natürlich schon gewohnt. Aber aus meinem jetzigen Blickwinkel konnte ich zusätzlich noch folgendes sehen. Rings um diese Betrunkenen herum hatten sich allerlei missgestaltete Phantome versammelt, die von den Menschen natürlich nicht gesehen werden konnten. Dabei handelte es sich um ähnliche Geister, wie ich sie schon zuvor in der Hölle gesehen hatte. Diese schon längst verstorbenen Kreaturen suchten verzweifelt nach Mitteln und Wegen, um ihre eigenen niederen Begierden und oberflächlichen Sinnesfreuden durch die materiellen Körper der Erdenmenschen weiterhin zu befriedigen. Deshalb ergriffen sie praktisch vollständig Besitz von den Körpern dieser willensschwachen Leute und raubten ihnen wie Parasiten die physische Lebenskraft. Für solche unsichtbaren, dämonischen Wesen sind solche dunklen Orte energetisch gesehen das reinste Festmahl. Indem sie all die Süchtigen belagern und mit subtilen Einflüsterungen in Versuchung führen, verstärken sie ihren unstillbaren Drang nach Rauschmitteln noch um ein Vielfaches. Auch andere Emotionen wie zum Beispiel Aggression sind jederzeit eine willkommene Nahrungsquelle für solche Wesen.

Dann merkte ich, wie Mondblume mich beobachtete.

«Tja, mein lieber Eloy», sagte sie schliesslich, «jetzt siehst du einmal das gesamte Spektrum der Wirklichkeit. Viele suchtkranke oder auch gewalttätige Menschen sind im Prinzip bloss ein Werkzeug in den Händen von bösen Geistern. Diese armen, irrenden Seelen hier befinden sich quasi jetzt schon mit einem Fuss in der Hölle. Deshalb ist es für die Erdenmenschen so ungeheuer wichtig, sich vor dem negativen Einfluss von herumschweifenden Astralwesen zu schützen.»

Heather und ich beobachteten noch eine Weile bestürzt, wie die dunklen Geister aus der Unterwelt die nichts ahnenden Menschen bedrängten.

Dann stockte mir plötzlich der Atem vor Aufregung. Einer von diesen Quälgeistern kam mir nämlich irgendwie bekannt vor.

«Du, Eloy», riss mich Heather aus meinen Gedanken, «siehst du auch, was ich sehe? Dieser finstere Schatten da drüben, der gerade den drogenberauschten Junkie belästigt. Ist das nicht Xilo, der Typ aus der Schlummerhöhle?»

«Hm, genau dasselbe habe ich auch eben gedacht», erwiderte ich fassungslos.

Da legte Mondblume kameradschaftlich den Arm um uns beide. «Aus diesem Grund sind wir ja hier», meinte sie sanftmütig wie immer. «Aber, dass wir Xilo so schnell finden würden, hätte ich ehrlich gesagt auch nicht gedacht. Na, dann werden wir dieses Kerlchen doch gleich mal etwas genauer unter die Lupe nehmen, oder was meint ihr?»

Unter der Führung von Mondblume näherten wir uns diesem äusserst disharmonischen, verzerrten Schattengebilde. Erst bei genauerem Hinschauen konnte ich erkennen, dass dieses wirre Knäuel eigentlich aus einer Vielzahl von individuellen Geistern bestand. Sobald sie nahe genug beisammen waren, verschmolzen sie zu einer undefinierbaren, nebulösen Masse aus negativen Energien. Je weiter sich diese dunkle Masse jedoch im Raum ausbreitete, desto besser konnte man die einzelnen Geister voneinander unterscheiden. Erst als wir etwas näher herantraten, bemerkte uns die Gruppe. Auf einmal glotzten uns Dutzende von hässlichen, abartig entstellten Fratzen feindselig an. Zunächst glaubten sie wohl, dass wir ihnen ihre Beute – also die energetisch auszusaugenden Menschen – streitig machen wollten. Nachdem sie jedoch das gleissend helle Licht wahrnahmen, welches Mondblume ausstrahlte wie ein

Leuchtturm, drängten sich diese Energievampire dicht zusammen. Dadurch bündelten sich ihre gewaltigen negativen Energien und verschmolzen augenblicklich zu einer trüben, giftigen Wolke.

«Bleibt einfach hinter mir», riet uns Mondblume, «dann können euch diese bösen Mächte nichts anhaben. Wir werden uns jetzt diesen ominösen Xilo vorknöpfen.»

Während sich Heather und ich hinter diesem überirdisch strahlenden Schutzwall aus Licht, der von Mondblume ausging, buchstäblich verkrochen, marschierte sie unerschrocken auf die pechschwarze Energiewand vor uns zu. Wie ich erstaunt feststellte, merkte kein einziger von all jenen in der dreidimensionalen Welt lebenden Menschen, was sich energetisch um sie herum soeben abspielte. Für sie war es bloss ein ganz normaler Samstagabend, an dem es wie üblich galt, sich so gut wie möglich zu amüsieren und vom grauen Alltag abzulenken. Von anderen Wirklichkeiten, ausser ihrer eigenen, hatten die meisten von ihnen nicht die leiseste Ahnung.

Doch dann geschah etwas – selbst für mich – Eigenartiges. Als wir uns nämlich unmittelbar vor der rätselhaften Energiemasse aus Höllenbewohnern befanden, bekamen sie es offenbar plötzlich mit der Angst zu tun. Denn das strahlende Licht, das einen Engel umgibt, können diese Wesen nicht ertragen. Ich sah gerade noch, wie uns unzählige von rot funkelnden Augenpaaren entsetzt anstarrten, und im nächsten Moment zerstoben die Geister in alle Windrichtungen. Dabei gaben sie scheusslich hasserfüllte, fauchende und zischende Geräusche von sich. Nur eine von diesen verschwommenen Silhouetten, die sich aus dem chaotischen Gewirr herauskristallisiert hatte, konnte nicht fliehen – weil

Mondblume es nicht zuliess. Und zwar Xilo, der Typ aus der Schlummerhöhle.

Nun stand dieser vermeintlich böse Geist, völlig allein und schutzlos, direkt vor uns. Mondblume fixierte Xilo mit festem Blick, der ihn auf unerklärliche Weise irgendwie zu hypnotisieren schien.

«Na, wo sind denn all deine feinen Freunde geblieben?», fragte sie absichtlich provokativ.

«Ich weiss nicht … ich habe keine Freunde», kam die entwaffnend ehrliche Antwort. Der arme Kerl war vor Schreck so erstarrt, als ob er sich gerade in einen Eiszapfen verwandelt hätte.

«Wieso belästigst du wehrlose Menschen und saugst ihnen ihre sonst schon spärliche Lebenskraft aus?», bohrte Mondblume hartnäckig weiter.

Ich war etwas erstaunt, denn so streng hatte ich dieses gütige Engelwesen bisher noch nie erlebt. Xilo hingegen sah sich auf einmal dermassen in die Enge getrieben, dass ihm nichts anderes übrigblieb, als uns Rede und Antwort zu stehen.

«Als ich nach meinem Tod in dieser düsteren, trostlosen Höhle aufwachte, fühlte ich mich schrecklich einsam», gab Xilo beschämt zu. «Deshalb schmiedete ich einen Plan. Und zwar wollte ich so schnell wie möglich auf die Erde zurückkehren, um allen Hinterbliebenen mitzuteilen, dass ich noch lebe. Doch dann merkte ich relativ schnell, dass es da so etwas wie eine energetische Schranke zwischen mir und den Lebenden gab. Bis zu diesem Zeitpunkt wusste ich nicht, dass die Menschen in den engen Grenzen ihrer physischen Sinne eingeschlossen sind. Im Prinzip lebt jeder von ihnen in seiner eigenen kleinen Schlummerhöhle, ohne es jemals zu merken.»

«Diese Erkenntnis ist absolut richtig», erwiderte Mondblume, nun etwas sanfter. «Schade nur, dass du das nicht schon zu Lebzeiten durchschaut hast. Aber sage mir, wieso du dich dennoch dazu hast verleiten lassen, unwissende Menschen zu plagen, die sonst schon hilfsbedürftig sind?»

«Aus Frust», kam die Antwort wie aus der Pistole geschossen. «Als ich realisierte, dass ich hier nichts ausrichten kann, war ich so verzweifelt, dass ich dringend seelische Nahrung in Form von Lebensenergie benötigte. Deshalb habe ich mich in meiner grenzenlosen Naivität dieser Gruppe niederträchtiger Geister angeschlossen, die mir lauter verlockende Dinge versprochen haben. Tief in meinem Inneren spürte ich aber schon damals, dass diese Entscheidung ein grosser Fehler war.»

«Auch in diesem Punkt hast du völlig recht», sprach Mondblume ernst. «Man hat dich ebenso benutzt und missbraucht, wie du es stets mit den Menschen getan hast. Du hast also nicht nur während deines Erdenlebens gegen sämtliche moralische Regeln verstossen, sondern sogar noch nach deinem Tod. Aber entscheidend ist, dass du all deine schändlichen Taten tief in deinem innersten Seelenkern bereut hast. Wir aus den himmlischen Sphären haben deine aufrichtigen Gebete erhört, und genau deshalb sind wir hier.»

«Du meinst ... ihr seid gekommen ... um mir zu helfen?», stammelte Xilo ehrfürchtig, während ihm vor Rührung eine dicke Träne über die Wange kullerte.

«Genau das meine ich, mein lieber Freund Xilo», lächelte Mondblume mitfühlend. «Wie du inzwischen selber weisst, hast du deine eigenen Lebenskräfte während deines irdischen Daseins übermässig verschwendet. Aus diesem Grund hast du dich demzufolge auch nach deinem Tod in einem erbärmlichen Zustand der Erschöpfung und des Elends vorgefunden. Aber ich werde dich jetzt magnetisieren, anschliessend fällst du in einen tiefen Schlaf. Und wenn du wieder aufwachst, wirst du dich in einer höheren, lichtvolleren Sphäre befinden. Die Vollmacht, um diese Aktion auszuführen, wurde mir verliehen, weil die Zeit gemäss deinem Seelenplan nun reif dafür ist.»

«Oh mein Gott, wie soll ich euch bloss danken?», seufzte Xilo unendlich erleichtert. Nur schon dieses kurze, hoffnungsvolle Gespräch mit einem Engel hatte bewirkt, dass sich sein seelischer Zustand massiv verbessert hatte.

Darauf streckte Mondblume beide Arme waagrecht nach vorne und hielt die offenen Handflächen gegen Xilo gerichtet. Mit einer langsamen, geschmeidig fliessenden Bewegung strich sie mit ihren magnetisierten Händen mehrere Male, entlang seinen Konturen, von oben nach unten und wieder zurück. Es sah ein bisschen so aus, als würde sie seinen geschundenen Energiekörper mit blossen Händen glattbügeln, ohne ihn jedoch zu berühren. Tatsächlich veränderte die trübe, verschmutzte Aura, die Xilo eben noch wie ein energetisches Gefängnis umgeben hatte, plötzlich ihre Farbe und Beschaffenheit. Wie durch Zauberhand fiel der dunkle Schatten von ihm ab und verwandelte sich in eine zartweisse, luftige Wolke.

Während Mondblume ihn von all den schlechten Energien reinigte, geschah mit Xilo eine wundersame Metamorphose. Und siehe da, schon nach kurzer Zeit stand anstelle von einem vermeintlich bösen Quälgeist nun plötzlich eine freundlich wirkende Gestalt vor uns.

«Wow, ich fühle mich wie neugeboren», lächelte Xilo selig. «Es ist, als ob eine unendlich schwere Last von meinen Schultern genommen worden wäre. Aber wo kommt diese immense Müdigkeit auf einmal her?»

«Ich habe dich nun energetisch von sämtlichen Altlasten befreit und deine magnetische Anziehungskraft für das Gute wieder aktiviert», erklärte Mondblume. «Deshalb ist es völlig normal, dass du dich jetzt erschöpft fühlst. Sobald du aus deinem Transformationsschlaf aufwachst, wirst du tatsächlich neu geboren sein. Von nun an geht es nur noch aufwärts.»

«Tausend Dank», war alles, was Xilo vor lauter Müdigkeit noch sagen konnte. Danach fiel er in einen tiefen Schlummer. Dabei handelte es sich um denselben Todesschlaf, den man bei jedem geistigen Übergang in eine andere Welt erfährt.

Gemeinsam mit Heather schaute ich demütig zu, wie der befreite Geist von Xilo in einer geschützten Lichtsäule in den dunklen Nachthimmel hinaufschwebte.

«So, nun habt ihr ein weiteres Mal miterlebt, wie eine reuige Seele, deren Zeit reif ist, ihren evolutionären Weg fortsetzen darf», wandte sich Mondblume an uns. «Bei eurem nächsten Auftrag werdet ihr dann auf euch allein gestellt sein.»

Da ich nicht recht wusste, was ich darauf antworten sollte, liess ich meinen Blick nachdenklich über die bunt beleuchtete Strasse schweifen. Die irdische, dreidimensionale Umgebung hatte sich inzwischen nicht grossartig verändert. Noch immer schlenderten unzählige – nichts ahnende – Menschen durch die Gassen und amüsierten sich. Oder zumindest bildeten sich viele von ihnen ein, dass sie sich in ihrer begrenzten Scheinwelt gerade amüsierten. Nur der Obdachlose, der nun nicht mehr von dunklen Wesenheiten aus der niederen Astralwelt belagert wurde, hatte sich irgendwie verändert. Der Blick in seinen Augen war auf einmal deutlich klarer und wachsamer geworden.

Von einem inneren Impuls geleitet raffte er sich auf, zwischen all den stinkenden Mülltonnen und zerrupften Abfallsäcken. Dann stellte er die halbleere Flasche mit billigem Rotwein auf den Boden, und die Zigarettenschachtel ebenso.

«Es ist Zeit, aufzubrechen», sagte er zu seinem Saufkumpan, der nebenan im Delirium lag und ihn sowieso nicht hörte. «Irgendwo da draussen wartet ein neues Leben auf mich, dessen bin ich mir sicher.»

Mit diesen Worten ging er davon in eine ungewisse, aber sicherlich bessere Zukunft. Jedenfalls kehrte er nie wieder an diesen schäbigen Ort zurück.

«Hm, wie es aussieht, scheint es in dieser Episode also doch noch ein Happy End zu geben», murmelte ich ergriffen vor mich hin.

«Ja, so muss es sein, lieber Eloy», erwiderte Mondblume leise und bedächtig. «Denn jedes irdische Ding hat sein überirdisches Gegenstück in der geistigen Welt und umgekehrt. Das heisst, weil Xilo aufgehört hat, die Lebensenergie von diesem Mann abzuzapfen, wurde auch er selber befreit. Aber auch das geschieht natürlich nicht zufällig, denn dieser ehemalige Trunkenbold hier hegte innerlich schon lange den sehnlichen Wunsch, ein neues Leben zu beginnen. Genauso wie Xilo bereit war für den nächsten Schritt. Und weil dem Universum nichts verborgen bleibt, sind nun beide aus ihrer unerträglichen Situation befreit worden. Eine Hand wäscht die andere, versteht ihr?»

«Ich glaube, allmählich beginne ich, die Spielregeln in diesem multidimensionalen Spiel etwas besser zu verstehen», scherzte ich augenzwinkernd, «oder zumindest die einfachsten Grundregeln für Anfänger.»

Darauf umarmten wir drei uns fröhlich lachend, ehe wir diese dreidimensionale Ebene des Spielfeldes ebenso schnell wieder verliessen, wie wir sie kurz zuvor betreten hatten.

Zurück in der Hölle

Das Lachen verging uns jedoch relativ schnell, als wir uns kurz darauf wieder in den niedersten Sphären der Hölle befanden, wo beklemmende Düsternis herrschte.

«Nun seid ihr genügend vorbereitet, sodass ihr die Reise von jetzt an ohne mich fortsetzen könnt», sprach Mondblume zuversichtlich. «Aber keine Angst, ich werde euch natürlich im Auge behalten, damit ich im Notfall sofort eingreifen kann.»

Vor uns erstreckte sich ein dunkles Tal, das lediglich von einem flackernden Schein in weiter Ferne erhellt wurde. Erst bei genauerem Hinschauen erkannte ich, dass es sich bei dieser rötlich wabernden Lichtquelle um eine gewaltige Feuermasse handelte. Und zwar um eine undurchdringliche Wand aus purem Feuer, welche die Stadt darin wie ein Schutzwall umschloss.

«Hm, das sieht aber nicht gerade sehr einladend aus», meinte Heather lakonisch, «oder was denkst du, Eloy?»

«Tja, nicht wirklich», entgegnete ich schulterzuckend, «und ich gehe jetzt eher nicht davon aus, dass es hier unten eine Feuerwehr gibt, die man einfach mal eben anrufen kann, um dieses hübsche kleine Lagerfeuerchen zu löschen.»

«Dieses hübsche kleine Lagerfeuerchen ist das alles verzehrende Höllenfeuer, du Witzbold», klärte uns Mondblume auf. «Alle, die dieses Schreckensreich betreten oder verlassen wollen, müssen da hindurch. Und dieses Kunststück gelingt nur den allermutigsten Seelen.

Denn die furchtsamen und willensschwachen werden von den Flammen automatisch zurückgetrieben. Auf diese Weise wollen die überaus mächtigen und grimmigen Wesen, die hier herrschen, die Bewohner gefangen halten. Gleichzeitig versuchen sie natürlich auch, allfällige Eindringlinge aus höheren Sphären fernzuhalten, damit diese den Gefangenen nicht helfen können. Und wie ihr vermutlich bereits ahnt, ist es genau das, wofür ihr auserkoren worden seid.»

«Haha, du bist mir ja eine schöne Spasskanone», kicherte Heather nervös. «Du meinst also tatsächlich, wir sollen einfach mal kurz durch diesen höllischen Feuerwall spazieren und ein paar Gefangene retten?»

«Yep, genau das meine ich», kam die unmissverständliche Antwort. Wenig später standen wir drei also direkt vor diesem gigantischen Feuerring, wo wir uns schweren Herzens von Mondblume verabschiedeten.

«Denkt daran: man wird auf jede erdenkliche Weise versuchen, eure niedere Natur zu beeinflussen», rief sie uns mahnend hinterher. «Doch je edler ein Geist, desto weniger ist er durch die Materie gebunden. Deshalb können diese paar Flammen hier euren vergeistigten Körpern nichts anhaben. Macht's gut Freunde, bis bald.»

Da Heather und ich uns dieser erneuten Prüfung nicht entziehen konnten, mussten wir wohl oder übel durch dieses Flammenmeer hindurch. Wir atmeten beide noch einmal tief durch, dann hielten wir uns an den Händen, wie zwei ängstliche Kinder vor dem ersten Schultag. Wobei Angst ja genau dasjenige Gefühl war, welches unsere Mission vereiteln konnte.

«Wir schaffen das, Eloy», raunte mir Heather

zu, während sie meine Hand noch fester drückte, «gemeinsam sind wir stark.»

Unter Anwendung unserer gesamten Willenskraft marschierten wir schliesslich mitten in dieses unheimlich lodernde Feuer.

Im selben Augenblick geschah jedoch etwas Unerwartetes. Zunächst bemerkten wir erstaunt, dass die Hitze uns tatsächlich nichts anhaben konnte. Dann sah ich, wie sich um uns herum plötzlich ein Tunnel inmitten der Flammen bildete, durch den wir ohne zu zögern hindurch eilten. Als wäre dies nicht schon wundersam genug gewesen, blies uns ein angenehm kühler Luftstrom mit solcher Kraft nach vorne, dass wir buchstäblich durch den schützenden Tunnel schwebten. Meiner Schätzung nach dauerte die Reise weniger als zwei Minuten. Wie ich später erfuhr, beträgt der Durchmesser der Feuerwand ungefähr einen halben Kilometer. Als wir auf der anderen Seite herauskamen, sahen wir zunächst einmal gar nichts. Es dauerte eine ganze Weile, bis sich unsere Augen nach diesem grellen Intermezzo an die vorherrschende Dunkelheit gewöhnt hatten. Immer noch Hand in Hand tasteten wir uns so gut es ging vorwärts ins schwarze Nichts.

Auf einmal flackerte direkt vor uns ein trübes Geisterlicht auf. Begleitet von dunkelroten, feindselig zischenden Blitzen wurde die Szenerie um uns herum bruchstückhaft erleuchtet.

«Fehlt nur noch die Musik, dann könnte diese Lichtshow hier glatt als Geisterbahn-Disco durchgehen», versuchte ich mit Galgenhumor den Ernst der Lage etwas herunterzuspielen. Doch die Bemerkung ging in einem entsetzten Schrei unter, den Heather unvermittelt ausstiess. Im selben Augenblick bemerkte ich, dass wir uns offenbar in einem riesigen Spinnennetz oder etwas in der Art verfangen hatten. Als ich nach oben schaute, erblickte ich das unvorstellbar Grauenhafte ebenfalls.

Wir befanden uns mitten unter einem riesigen Torbogen aus pechschwarzem Gestein. Direkt über unseren Köpfen baumelte eine lange Schnur, an der unzählige ausgestochene Augäpfel, wie an einer Perlenkette, fein säuberlich nebeneinander aufgereiht waren. Das Schlimmste aber war die Tatsache, dass uns diese Augen mit flehenden Blicken anstarrten. Ja, in ihnen leuchtete immer noch ein matter Lebensfunke. Und bei dem vermeintlichen Spinnennetz handelte es sich in Wirklichkeit um die versengten Haare von diesen armen Opfern. Während sich dieses albtraumhafte Bild tief in mein Gehirn bohrte, vernahm ich innerlich plötzlich eine telepathische Botschaft von Mondblume.

«Hör gut zu, Eloy», übermittelte sie mir eindringlich, «ihr befindet euch gerade an einem der streng bewachten Höllentore. Die unglücklichen Geister, mit deren Körperteilen man diese Pforte als Abschreckung für andere potenzielle Ausreisser dekoriert hat, leben noch. Sie wandern zurzeit mit ihren verkrüppelten und geschändeten Geistkörpern durch dieses trostlose Land. Ihr werdet diejenigen erkennen, die für eure Hilfe empfänglich sind. Geht nun weiter, und sprecht auf gar keinen Fall mit dem Wächter des Durchgangs.»

Kaum war die Mitteilung zu Ende, wurde der haarige Vorhang mit den lebenden Augen zur Seite gezogen. Nicht weit von uns entfernt erblickte ich eine grässliche Kreatur, halb Mensch, halb Tier. Dieses bösartige Wesen, bei dem es sich offensichtlich um den Wächter handeln musste, konnte man wohl am ehesten mit dem Wort *Werwolf* umschreiben. Mit einem blitzschnellen Sprung hechtete die Bestie auf ein vor Angst zitterndes Opfer, das ihm seine Häscher gerade vorführten. Diesem armen Kerl war die Flucht misslungen, und natürlich wusste er nur zu gut, welch grausames Schicksal ihn an dieser Pforte zur Hölle erwartete.

Während sich der Werwolf mit fletschenden Zähnen auf den Gefangenen stürzte und ihn buchstäblich zerfleischte, grölten seine beiden Untergebenen höhnisch und rissen dabei Witze.

«Wie heisst es doch so schön? Auge um Auge, Zahn um Zahn, haha.»

«Apropos Augen», krächzte der andere, «an dieser blöden Schnur gibt es gar keinen Platz mehr. Vielleicht sollte der Boss diesen Kerl hier einfach ratzeputz auffressen, dann brauchen wir nämlich keine neue zu organisieren.»

«Gute Idee, alter Schlaumeier. Die könnte direkt von mir stammen, höhö.»

Heather und ich nutzten diese günstige Gelegenheit, um uns unbemerkt an den dümmlichen Wachen vorbei zu schleichen.

«Willkommen im tiefschwarzen Herzen der Hölle», sagte ich zynisch, «der Empfang war ja schon mal ziemlich nett. Ich bin gespannt, was uns hier sonst noch alles erwartet.»

Natürlich brauchten wir auch dieses Mal nicht lange zu warten, bis uns die nächste Prüfung auf die Probe stellte.

Während wir völlig ziellos im düsteren Zwielicht umherirrten, gelangten wir, ohne es richtig zu realisieren, auf einmal in einen dichten Wald – den sagenumwobenen Wald der Trostlosigkeit.

Wie wir bald herausfanden, durften wir uns diesen riesenhaften, missgestalteten Bäumen nicht zu sehr nähern. Denn diejenigen mit den dicken, knorrigen Baumstämmen besassen die Eigenschaft, den nichts ahnenden Wanderer hinterrücks mit ihren mächtigen Ästen zu umklammern und festzuhalten. Wir sahen nicht wenige Unglückliche, die völlig hilflos im Geäst von irgendwelchen heimtückischen Bäumen zappelten. Lautes Gejammer, markerschütternde Schreie, aber auch hasserfüllte Flüche von gefangenen Opfern erfüllte diesen abscheulichen Wald. Eilig, und natürlich auch ein bisschen verstört, hasteten die tapfere Heather und ich weiter, bis wir schliesslich an eine grossflächige Waldlichtung gelangten.

«Komm, wir ruhen uns ein wenig aus», sagte ich zu Heather, «nach all diesen Strapazen haben wir das mehr als verdient, würde ich mal meinen.»

Darauf kramte ich das Fläschchen mit dem magischen Zaubertrank hervor, welches uns Mondblume mitgegeben hatte. Ein winziger Schluck reichte tatsächlich aus, um ruckzuck wieder zu frischen Kräften zu gelangen. Nachdem wir uns gestärkt und eine Weile erholt hatten, meinte Heather plötzlich: «Ich weiss zwar nicht weshalb, aber ich werde einfach das starke Gefühl nicht los, das mir mitteilen will, dass wir hier jemanden befreien sollen.»

Kurz entschlossen folgten wir ihrem inneren Impuls und schauten uns auf dieser unbehaglich nebligen Waldlichtung ein wenig um. Ein Stück weiter vorne von dem Ort, wo wir eben eine kurze Pause eingelegt hatten, wurde der Boden plötzlich sumpfig. Vorsichtig wateten wir noch ein paar Schritte weiter in diesem stinkenden Schlamm, bis Heather plötzlich abrupt stehen blieb.

Ich vertraute ihr vollkommen, denn dieses Mal hatte ja sie den hilfreichen Impuls empfangen. Genau in diesem Augenblick als wir anhielten, schoss direkt vor unseren Füssen eine schwarze Rauchsäule aus dem Sumpf empor, begleitet von einem unheimlich kaltfeuchten Luftzug. Wer weiss, was mit uns passiert wäre, wenn wir mitten in diese teuflische Giftwolke geraten wären. Da wurde mir auch klar, woher dieser plötzliche Luftzug gekommen war. Über unseren Köpfen flatterte nämlich ein ganzer Schwarm monströser Fledermäuse hinweg, die menschenähnliche Gesichter besassen. Vermutlich waren diese schauderhaften Viecher von der ominösen Rauchsäule aufgescheucht worden.

«Meine Intuition führt mich zu dieser kleinen Hütte dort drüben», sprach Heather leise, «aber wir müssen sehr vorsichtig sein, wo wir hintreten.»

Langsamen Schrittes begaben wir uns zu diesem schäbigen, kleinen Unterschlupf, der am Ufer von einem öligen Tümpel mit fauliger Oberfläche lag. Als wir kurz darauf bei dieser notdürftig errichteten Bruchbude eintrafen, huschte ein schlangenartiges, missgestaltetes Reptil, das dort im Schutze der Dunkelheit auf der Lauer gelegen hatte, blitzschnell davon. Ein kaum hörbares Planschgeräusch verriet uns, dass dieses eigenartige Viech ins Wasser geflohen war.

«Das ist zwar nicht gerade das, was ich mir unter einer romantischen Waldlichtung vorstelle, aber was soll's», seufzte ich theatralisch, «bei diesem trüben Wetter hier würde es eh nichts werden mit einem gemütlichen Picknick.»

«Ach du wieder, mit deinem trockenen Galgenhumor», kicherte Heather, trotz den widrigen Umständen. «Aber vielleicht ist ein bisschen Humor ja genau das, was wir in dieser dunklen Stunde brauchen. Denn die derzeitige Lage sieht ja nicht gerade wahnsinnig rosig aus.»

«Und es wird wohl auch nicht rosiger werden – denn hier kommt Rosi höchstpersönlich.»

«Wie? Welche Rosi? Ist das jetzt wieder einer deiner berüchtigten Scherze, oder was?»

Auf Hexenjagd

Noch ehe ich eine Antwort darauf geben konnte, sah Heather mit eigenen Augen, was ich meinte. Aus der Dämmerung tauchte nämlich wie aus dem Nichts die Silhouette einer finsteren Gestalt auf. Zunächst konnte man bloss einen weiten Umhang mit einer Kapuze erkennen. Doch als die Gestalt näherkam und die Kapuze aus dem Gesicht zog, verbarg sich darunter eine fürchterliche Hexe mit triefenden Augen und boshaftem Blick. Nachdem sie uns eine gefühlte Ewigkeit schweigend gemustert hatte, durchbrach ich schliesslich die beklemmende Stille.

«Hallo Rosi», plauderte ich wild drauflos, weil mir nichts Besseres einfiel. «Schönes Wetter heute, nicht?»

«So ist es, mein Freund», krächzte sie heiser, während sie noch näher auf uns zu schlurfte.

Rosi schien sich grosse Mühe zu geben, ein halbwegs freundliches Gesicht zu machen. Aber diese Vorstellung wirkte so unglaublich verkrampft und verzerrt, dass es schon fast wieder amüsant war. Denn in Wirklichkeit war ihr Antlitz in ihrer gottlosen Hässlichkeit derart abstossend, dass ich mich vor Abscheu fast übergeben musste. Mit einem hinterhältigen Grinsen reichte sie uns einen Korb mit vermeintlichen Delikatessen, die jedoch voller Würmer und Maden waren.

«Das ist ein Geschenk für euch», sagte sie lächelnd, sodass ihre verfaulten Zähne im fahlen Licht unheilvoll aufblitzten. «Wenn ihr aus dem Wald der Trostlosigkeit wieder herausfinden wollt, dann solltet ihr zur Stärkung noch etwas Kleines essen. Denn dieser Irrgarten hier hat schon viele Seelen verschluckt, versteht ihr?»

«Oh ja, das verstehen wir sehr wohl, Rosi», winkte ich dankend ab, «aber wir halten eben gerade Diät, weisst du. Deshalb müssen wir *höllisch* aufpassen, was wir zu uns nehmen.»

Die misstrauische Hexe hielt den Schein der Freundlichkeit zwar weiterhin aufrecht, aber man konnte relativ einfach feststellen, dass die Ablehnung ihres grosszügigen Angebots sie innerlich zur Weissglut trieb. Diese Situation war dermassen grotesk, dass ich einen Moment lang nicht wusste, ob ich jetzt einfach laut herauslachen, oder doch lieber so schnell wie möglich davonrennen sollte. Doch auf einmal sah ich vor meinem geistigen Auge den irdischen Lebenslauf dieser irgendwie bemitleidenswerten Kreatur an mir vorüberziehen. Intuitiv wusste ich, dass Heather gleichzeitig dieselbe innere Schau übermittelt bekam. Höchstwahrscheinlich steckte ja Mondblume hinter dieser wieder einmal äusserst bizarren *Mission: rettet Rosi.*

Rosi wohnte in ihrem damaligen Leben, vor langer Zeit, in einem stattlichen Schloss im Nordosten Frankreichs. Ihr richtiger Name war eigentlich Lucy und sie entstammte einem hochangesehenen Adelsgeschlecht. Das Herrschaftsgebiet ihrer Familie umfasste damals eine enorm grosse Region. Erst im Laufe der Jahrhunderte schrumpfte das Territorium zu einem winzigen Dorf zusammen. Trotz ihrer edlen Herkunft hatte Lucy einen überaus verdorbenen Charakter. Um ihre gesellschaftliche Stellung halten zu können, ging sie buchstäblich über Leichen. Zahlreiche Intrigen, Morde, Verschwörungen und sogar ein politisch clever inszenierter

Bürgerkrieg gingen auf ihr Konto. Obwohl Lucy rein optisch eine ausserordentlich attraktive Frau war, die insbesondere alle Männer um den Finger wickeln konnte, verrottete sie innerlich immer mehr. Ihre Skrupellosigkeit ging so weit, dass sie sogar Mitglieder ihrer eigenen Familie beseitigen liess, um die alleinige Macht zu besitzen.

Als sie endlich mit eiserner Hand über ihre Ländereien herrschte, wurde sie in der Bevölkerung jedoch nur noch unbeliebter. Es dauerte nicht lange, bis Lucy ihr Schloss nicht mehr verlassen konnte, da sie sonst vom verarmten, hungerleidenden Volk gelyncht worden wäre. Eines Tages kam ein weiser Mann an ihren Hof und erklärte ihr folgendes: «Sei gewarnt, Herrscherin mit dem schwarzen Herz, denn der Wohnort nach dem Tod wird exakt das geistige Abbild des irdischen Lebens sein. Entsprechend deinen Taten und Gedanken wird sich später auch die astrale Umgebung gestalten. Wenn du dich jetzt nicht besserst, wirst du es nach deinem Ableben bitter bereuen. Und glaube mir, es könnte schon sehr bald so weit sein.»

«Ach, lass mich doch in Ruhe mit deinen albernen Weisheiten, alter Mann», verspottete Lucy ihn vor allen anwesenden Leuten. «Ich allein habe die Macht in diesem Reich. Nichts und niemand kann mich davon abhalten, noch mehr Reichtum anzuhäufen.»

Als öffentliche Warnung dafür, dass sie von niemandem Ratschläge oder Zurechtweisungen brauchte, liess sie den Mann in den Kerker werfen und bei Wasser und Brot schmoren. Wie prophezeit, dauerte es tatsächlich nicht lange, bis sich die Lage immer mehr zuspitzte.

In einer kalten Winternacht stürmten die aufgebrachten Bauern aus den umliegenden Dörfern das Schloss und brannten alles nieder. Die Wachen liessen sie gewähren, da auch sie selber nicht gut behandelt wurden. Als schliesslich ein Mob von wütenden Menschen das Privatgemach von Lucy aufbrachen, hatte sich diese bereits auf den Schlossturm geflüchtet. Dort sass sie nun ganz alleine und verlassen, jedoch immer noch ohne wirkliche Gefühlsregungen. Sie konnte schon hören, wie die wüst schimpfende Meute, bewaffnet mit Fackeln und Schwertern, die Treppen zum Turm hinauf marschierte, um sie zu töten. Doch ihre ausserordentliche Eitelkeit blieb bis zum letzten Atemzug ungebrochen.

Mit trotzigem Lächeln schaute Lucy ein letztes Mal in den Spiegel und sagte laut zu sich selber: «Bevor ich mich dieser primitiven Horde von Bauerntrampeln ausliefere, werde ich meinem Leben selber ein Ende setzen.»

Während man von draussen bereits versuchte, mit Eisenstangen die Tür aufzubrechen, setzte sich Lucy seelenruhig auf die steinerne Sitzbank vor dem vergitterten Fenster. Dann trank sie in grossen Schlucken den Becher mit der hochgiftigen Flüssigkeit, die sie für den Notfall schon vor einiger Zeit zusammengemischt hatte. Als die Männer kurz darauf mit wildem Kampfgeschrei das Turmzimmer stürmten, war Lucy bereits tot. In ihren schönsten Kleidern und hübsch geschminkt lag sie auf dem kalten Steinboden, der leere Becher neben ihr. So fand ihr Leben, in dem sie *die Schöne und das Biest* in einer einzigen Person vereint hatte, ein tragisches Ende.

Doch war mit diesem feigen Abgang wirklich alles schon zu Ende? Nein, natürlich nicht. Während Heather und ich die alte Hexe, beziehungsweise Lucy, immer noch wie gebannt anstarrten, wurde uns der zweite Teil ihrer Lebensrückschau gezeigt. Diesmal jedoch von der anderen Seite der Welt. Denn die Seele eines Selbstmörders ist in der Regel nicht darauf vorbereitet, den Körper zu verlassen. Sie gleicht einer unreifen Frucht, die nicht leicht vom Baum fällt, weil sie noch mit ihm verbunden ist. Kein irdischer Tod kann einfach so irgendein Leid beenden.

Als der Geist von Lucy nach dem physischen Tod wieder das Bewusstsein erlangte, befand sie sich zu ihrem grossen Schrecken in ihrem eigenen Sarg. Und zwar lebendig begraben. Denn Lucy hatte wohl ihren Körper zerstört, konnte aber ihren Geist nicht von ihm loslösen. Weil ihr Leben von Natur aus eigentlich noch nicht zu Ende gewesen wäre, umhüllten die Atome des verwesenden Körpers immer noch den Geist. Da dieses Band, das den grobstofflichen und die feinstofflichen Körper miteinander verbindet, wegen des unnatürlichen Todes noch nicht getrennt worden war, blieb sie weiterhin gefangen. Sie musste noch warten, bis durch den Verfall des materiellen Körpers ihre Seele befreit werden konnte. Was für ein schreckliches Schicksal, wenn man sich vorstellt, in welch fürchterlichen Zustand so ein unbedachter Schritt aus Lebensüberdruss die Seele stürzen kann. Wäre ihr Körper anstatt begraben verbrannt worden, dann hätte die Seele durch diesen raschen Prozess schneller aus ihrem Gefängnis erlöst werden können.

Zwischendurch verlor Lucy das Bewusstsein und lag sozusagen im Koma unter der Erde. Jedes Mal, wenn sie wieder aufwachte, stellte sie fest, dass der irdische Körper allmählich zu Staub zerfiel und sich der Halt immer mehr lockerte. Nachdem sich der Körper vollständig aufgelöst hatte, konnte sie endlich ihr elendes Grab verlassen. Zunächst war der Geist von Lucy zwar an ihre nähere Umgebung gebunden, sodass sie noch eine ganze Weile lang im Schloss herumspukte und später als sogenannter Schlossgeist in die Geschichte einging. Mit der Zeit konnte sie sich jedoch in der gesamten erdnahen Sphäre der niederen Astralwelt auf Wanderschaft begeben.

Selbst zu diesem Zeitpunkt hätte Lucy immer noch die Möglichkeit gehabt, sich zu bessern und den lichtvollen Reichen zuzuwenden. Aber sie liess sich lieber von den dunklen Strömungen verführen, die in den erdnahen Bereichen vorherrschen. Je mehr sie sich ihrer neuen Umgebung bewusst wurde, desto stärker flammten auch ihre alten Wünsche und Leidenschaften wieder auf. Um ihre nach wie vor vorhandene Machtgier sowie die drängenden Rachegelüste zu befriedigen, suchte sie sich auf der Erde gezielt Menschen aus, die ebenfalls dunkle Gedanken hegten. Denn anständige Personen mit reinen Absichten sind für negative Einflüsterungen sowieso nicht erreichbar. So ergab es sich also, dass Lucy ihre niederträchtigen Angriffe gegen die Menschen weiterhin ausübte, jetzt halt einfach von der anderen Seite des Schleiers, der die verschiedenen Welten voneinander trennt.

Ich konnte mitverfolgen, wie sich der Geist von Lucy mit ihrem tödlichen Einfluss in die Nähe von nichts ahnenden Menschen drängte, um sie zu schlimmen Taten anzustiften. Denn sogenannte Geister besitzen mehr Macht, als die Sterblichen es sich träumen lassen. Wie die meisten wusste natürlich auch Lucy nicht, dass solche magnetischen Verbindungen die Schicksale der betroffenen Seelen so miteinander verketten, dass sie nur mit grosser Mühe wieder zu lösen sind. Jedenfalls führte ihr eingeschlagener Weg sie immer weiter hinab, bis sie schliesslich in den untersten Sphären der Astralwelt landete. Dort durchlebte Lucy ihr irdisches Leben und vor allem ihren feigen Selbstmord immer und immer wieder. Wie in einem schrecklichen Traum, der ihr die früheren Handlungen schonungslos vor Augen führte. Und zwar so lange, bis auch der letzte Funke von der Leidenschaft nach niederen Dingen in ihrer Seele erloschen war.

Obwohl in diesen Sphären so etwas wie lineare Zeit nicht existiert, hatte dieser Prozess nach irdischen Angaben gemessen weit mehr als hundert Jahre gedauert. Und dann, nachdem ihr die volle Tragweite ihrer Handlungen endlich bewusst geworden war, hatte sie keine Kraft mehr gehabt. Lucy hatte nicht nur unzählige andere Seelen ins Verderben gestürzt, sondern vor allem auch sich selber. Als Resultat davon schmorte sie nun schon seit einer halben Ewigkeit in dieser Hölle, wo wir sie vorfanden. Ihre aufrichtige Reue sowie der starke Wunsch nach Besserung hatten die himmlischen Mächte jedoch bevollmächtigt, um Hilfe zu senden. Aus diesem Grund standen Heather und ich nun sozusagen als personifizierte Helfer vom *Team Engel* scheinbar zufällig vor ihr. Somit schloss sich der Kreis und die Vision verblasste. Obschon diese Rückschau dermassen viel Informationen beinhaltete, hatte sie lediglich wenige Sekunden gedauert. Auf einmal verspürte ich so tiefes Mitgefühl mit dieser armen Seele, dass ich sie am liebsten in die Arme genommen hätte. Aber das ging natürlich nicht, weil die zerlumpte Hexe vor mir immer noch abartig hässlich war.

«Ist das nicht unglaublich?», sagte ich gedankenverloren zu Heather, «Einst war Lucy eine wunderschöne, aber eiskalte Herrscherin. Jetzt sieht sie zwar nicht mehr ganz so knusprig aus wie damals, dafür aber hat sich ihr schwarzes Herz durch all diese schlimmen Erfahrungen verwandelt.»

«He, Moment mal», meldete sich Lucy zu Wort, «woher kennst du meinen Namen? Lucy ... ach du meine Güte. Das ist so lange her, daran kann ich mich ja schon fast nicht mehr erinnern.»

Als sie sprach, veränderten sich plötzlich ihre Gesichtszüge und wurden irgendwie weicher, milder. Auch der stechende Blick in ihren Augen wich auf einmal einem sanfteren Ausdruck. Heather und ich beobachteten erstaunt, was da gerade vor sich ging.

Plötzlich rollten Tränen der Erlösung über ihre Wangen.

«Ja, es stimmt», begann sie traurig zu erzählen, «vor langer, langer Zeit hiess ich einst Lucy. Doch seitdem ich hier in dieser Hölle vor mich hinvegetiere, erscheint mir das alles eher wie ein längst vergessener, blasser Traum. In dieser Welt jedoch werde ich andauernd von allen geplagt, so wie ich früher die anderen geplagt habe. Sämtliche Bewohner hier sind böse und hinterhältig, deshalb muss ich auch so sein, um irgendwie überleben zu können. Aber glaubt mir, ich habe das alles so unglaublich satt, dass ich diese *Lebensform* hier nicht mehr länger ertragen kann. Jeden Tag bete ich inbrünstig zum Himmel und gelobe, eine gute Seele zu werden. Wenn mir nur irgendjemand helfen würde, dann könnte ich später auch anderen helfen, um all meine Sünden wiedergutzumachen.»

«Du hast deine sogenannten Sünden schon längstens wieder wettgemacht, liebe Lucy», entgegnete Heather in freundschaftlichem Tonfall, «und genau deshalb sind wir hier. Wenn man das so sagen kann, dann hat uns wortwörtlich der Himmel geschickt, um dir zu helfen. Wie du siehst, sind deine Gebete erhört worden.»

«Soll das etwa heissen, ich muss nicht bis in alle Ewigkeit in dieser Hölle umherirren und für meine Sünden im Fegefeuer büssen, wie es die Kirche damals gelehrt hat? Du meinst also, es gibt tatsächlich so etwas wie ... Hoffnung? Sogar an einem Ort wie diesem?»

«Die gibt es in der Tat», bestätigte ich aufmunternd, «und diesen ganzen Quatsch mit dem ewigen Fegefeuer und so vergisst du am besten ganz schnell wieder. Nichts ist für die Ewigkeit. Und schon gar nicht all die Lügen, die man seit Jahrhunderten unter dem Deckmantel der Religion verbreitet, um die Menschheit in Schach zu halten.»

Ich war selber überrascht, wie viel Sympathie ich plötzlich für dieses rätselhafte Wesen empfand, das mich eben noch total angewidert hatte. Unterdessen begann sich Lucy immer mehr zu verwandeln. Nicht nur äusserlich, sondern auch innerlich. All das unermessliche Leid, das sich in ihrer Seele aufgestaut hatte, schmolz zusehends wie Eis in der Frühlingssonne. Wenn ich es nicht mit eigenen Augen gesehen hätte, würde ich es selber nicht glauben. Aber ihre hässliche Fratze transformierte sich allmählich auf wundersame Weise wieder in ein hübsches Gesicht. Auf eine gewisse Weise sah Lucy zwar ähnlich aus wie damals in ihrem letzten Leben. Aber jetzt war sie seelisch gereift, was sich in ihren reinen Gesichtszügen sowie dem demütigen Glanz in ihren Augen widerspiegelte. Nun hätte sie tatsächlich eine würdige Prinzessin abgegeben. Wie durch Zauberhand wurden zusätzlich auch ihre alten Lumpen gegen schöne, neue Kleider ausgetauscht.

«Komisch», bemerkte Lucy, deren ehemals krächzende Stimme nun ebenfalls angenehm wohlklingend tönte, «mir ist auf einmal ganz anders zumute. Ich fühle mich so leicht und beschwingt wie ein Schmetterling. Wie kann das sein?»

«Tja, jetzt weisst du wenigstens, wie sich eine Raupe fühlt, wenn sie den engen Kokon verlässt und sich plötzlich in einen hübschen Schmetterling verwandelt, nicht wahr?», erwiderte Heather schmunzelnd. Eigentlich erwartete ich, dass jetzt gleich ein paar Engel mit Posaunen und Trompeten, begleitet von Fanfarenklängen, aus dem Himmel hinab schwebten und uns alle in angenehmere Gefilde mitnehmen würden. Aber nichts dergleichen geschah. So standen wir also ein wenig ratlos vor dieser kleinen Hütte und warteten, wie es nun weitergehen würde.

Finn, der Seeräuber

Anstelle von symphonischen Fanfaren ertönten vom nahegelegenen Ufer des öligen Tümpels jedoch auf einmal primitive Trommelklänge. Gleichzeitig entfachte dort irgendjemand ein Feuer. Kurz darauf konnte man plötzlich auch ein zunächst noch dezentes Stimmengewirr vernehmen, das immer lauter wurde.

«Aha, da scheinen wohl ein paar musikalisch ganz Hochbegabte am Werk zu sein», bemerkte Heather spasshaft. «Ob das wohl gerade der Auftakt zu einer ausgelassenen Grillparty darstellt?»

«Also, wenn die so kochen, wie sie musizieren, dann möchte ich dort ehrlich gesagt lieber nichts essen», ergänzte ich trocken wie immer. «Hey Lucy, vielleicht kannst du diesen Typen ja dein madiges Gebäck andrehen?»

Kaum hatte ich das gesagt, kam mir in den Sinn, dass Lucy inzwischen ja keine versiffte Hexe mehr war, und demzufolge bestimmt auch keine ekelhaften Dinge mehr essen würde.

«Tut mir leid, war nicht so gemeint», fügte ich eilig hinzu, bevor sie etwas darauf antworten konnte.

Inzwischen war vom Teich her gespenstiger Nebel aufgestiegen, der diesem vorsteinzeitlichen Getrommel, gepaart mit dem flackernden Schein des Lagerfeuers, eine unheilvolle Atmosphäre verlieh. Lucy begann plötzlich am ganzen Leib zu zittern.

«Das sind die gemeinen Quälgeister», murmelte sie ängstlich. «Jedes Mal, wenn sie dieses teuflische Ritual durchführen, suchen sie sich ein anderes Opfer aus. Mich haben sie auch schon oft gequält.»

Nun war ich aber wirklich neugierig geworden, was da genau abging. Mit dem Versprechen, dass Lucy nichts passieren würde, schlichen wir drei uns etwas näher heran und versteckten uns hinter einem Gebüsch. Was wir von dort aus beobachteten, ist nur schwierig mit Worten zu beschreiben.

Eine Gruppe dämonischer Wesen tänzelte wild um das Lagerfeuer, während ein paar in Ketten gelegte Gefangene auf einem notdürftig ausgehöhlten Baumstamm einen simplen Takt dazu schlugen. Eine weitere Kreatur, offenbar der Anführer der Bande, jaulte dazu in dermassen grässlich schrägen Tönen, dass es einem durch Mark und Bein fuhr. Ich hörte, wie sie ihn Klingu nannten. Er und die anderen Teufel schienen jedenfalls ihre wahre Freude daran zu haben, denn sie stichelten sich gegenseitig mit langen Spiessen. Als sie sich aufgewärmt hatten und durch die Sticheleien langsam in Fahrt gerieten, hob Klingu plötzlich abrupt die Hand. Sofort verstummte der Trommelwirbel und es herrschte beklemmende Totenstille. Darauf holte er einen grossen, schwarzen Spiegel hervor und platzierte ihn so, dass ihn alle gut sehen konnten. Ähnlich wie bei einem Fernsehgerät erschienen auf der schwärzlichen Spiegelfläche plötzlich Bilder, auf denen das derzeitige Treiben auf der Erde sichtbar wurde. Genauer gesagt wurden ausschliesslich Sequenzen von negativen Ereignissen gezeigt. Mord und Totschlag, Umweltzerstörung, Tierquälerei, Krieg und so weiter.

«Diese dunklen Dämonen haben ihre wahre Freude an Krieg, Elend und Blutvergiessen», klärte uns Lucy auf. «In irgendwelcher Form kehren sie stets zur Erde zurück, um diese grausamen Begierden in den Herzen der Menschen von Neuem zu entfachen.»

Doch nach diesem Vorgeplänkel ging die Vorstellung erst richtig los. Scheinbar wahllos zeigte der Anführer mit seinen widerlichen Klauen auf einen der Gefangenen. Sogleich wurde dieser ohne Umschweife gepackt, gefesselt und ins Feuer gestossen. Darauf beschimpften und bespuckten sie ihn und traktierten ihn mit Speeren, während sie vor Begeisterung laut dazu johlten. Natürlich konnten die Flammen das arme Opfer nicht wirklich verbrennen, denn er war ja in dem Sinne schon tot. Dennoch verursachte diese brutale Folter auch eine Art von Schmerz, wenn auch mehr seelischer Natur.

Während ich den Mann im Feuer fassungslos beobachtete, wurde mir auch diesmal eine innere Schau über sein Leben zuteil. Und zwar hatte diese ganze versammelte Gruppe hier zur Zeit der Inquisition auf der Erde gelebt. Zwischen ihnen existierte also ein karmisches Schicksalsband, da sie sich in der Opfer- und Täterrolle immer wieder abwechselten. Schon damals hatten diese Männer im Namen der Kirche skrupellos gefoltert und gemordet. Nun hatte sich der Spiess im wahrsten Sinne des Wortes wieder einmal umgedreht. Diejenigen, die hier und jetzt gepeinigt wurden, waren damals die Täter. Auch sie mussten jetzt am eigenen Leib erfahren, wie es sich anfühlt, wenn man Todesqualen ausstehen muss und dazu noch verspottet wird.

Dieser Mann jedoch, der sich gerade mit schmerzverzerrtem Gesicht im Feuer wälzte, hatte für seine Taten aus längst vergangenen Zeiten schon mehr als genug gebüsst. Nun hatte er endgültig die Nase voll von diesem ewigen Opfer und Täter Spiel. Auch er war, genau wie Lucy, nun dazu bereit, um dieses schändliche Höllenreich ein und für allemal zu verlassen. Tief in seiner Seele war über lange Zeit hinweg das Bewusstsein gereift, dass jedes Lebewesen von Natur aus gleichwertig ist und mit Respekt behandelt werden muss. Innerlich bat er schon lange um Vergebung, und er hatte auch seinen Feinden für ihre schrecklichen Taten vergeben. Somit waren die Voraussetzungen dafür gegeben, dass seine ernst gemeinten Bittgebete erhört und er gerettet werden konnte.

«In Ordnung, das reicht», befahl Klingu irgendwann. «Nach diesem fröhlichen Grillspass kann unser Freund hier sicher eine kleine Abkühlung vertragen, oder was meint ihr?»

Als Antwort begann die aufgedrehte Horde von sadistischen Quälgeistern laut zu brüllen vor Begeisterung. Mit langen Eisenstangen, an deren Ende Haken befestigt waren, zogen sie den armen Kerl grob aus dem Feuer, als wäre er ein Stück Holz. Danach schleiften sie ihn die kurze Strecke bis zum Teich auf dem Boden, mitten durch dornige Sträucher und über scharfkantige Steine. Dort angekommen, packten vier der Peiniger ihr Opfer und schmissen es lachend in den pechschwarzen, ekligen Tümpel.

«Na, wie gefällt dir das, du miese kleine Drecksratte?», verhöhnte ihn Klingu. Anschliessend spazierte er seelenruhig zum Feuer zurück, schnippte sarkastisch mit den Fingern, und ordnete in theatralisch höflichem Tonfall an: «Der Nächste, bitte.»

Lucy, Heather und ich kauerten immer noch in unserem Versteck hinter dem Gebüsch.

«So geht das Spiel jetzt weiter, bis jeder einzelne Gefangene zuerst im Feuer gebraten und anschliessend in der schleimigen Pfütze halb ertränkt wurde», liess uns Lucy wissen. «Ihr könnt es mir glauben, denn ich weiss nur zu gut, wovon ich rede. Aber das Allerschlimmste kommt erst ganz am Schluss ...»

«Okay, um was es sich dabei genau handelt, möchte ich ehrlich gesagt gar nicht wissen», unterbrach Heather sie mit angewidertem Gesichtsausdruck. «Ich habe genug gesehen und gehört. Lasst uns einfach diesen Kerl befreien, und danach verduften wir von hier. Einverstanden?»

«Hm, tönt gut», entgegnete ich skeptisch, «aber wie sollen wir das am besten anstellen? Ich meine, hast du zufällig gerade einen Plan auf Lager? Oder zumindest die Idee von einem Plan?»

«Nein, aber Mondblume wird uns bestimmt Hilfe zukommen lassen. Aus irgendeinem Grund sind wir ja schliesslich hierher gesandt worden, oder?»

«Du hast recht, Heather», überkam mich nun ebenfalls eine unerklärliche, aber klare Gewissheit, dass alles gut wird. «Na, in dem Fall wollen wir doch einfach mal alles auf eine Karte setzen ... ganz ohne Plan.»

Lucy konnte unserem Gespräch natürlich nicht folgen, aber inzwischen vertraute sie uns vollkommen.

«Also, hör gut zu, Lucy», erklärte ich ihr, «dies ist der Plan, der eigentlich gar keiner ist: Ich werde jetzt irgendwie diesen Typen aus dem Wasser ziehen und hierher verfrachten. Heather und du wartet unterdessen in diesem Versteck, damit ihr im Notfall eingreifen könnt. Wenn alles rund läuft, werden wir zu viert schon sehr bald von hier verschwinden, und hoffentlich nie mehr zurückkehren. Alles klar?»

«Alles klar», erwiderten Lucy und Heather im Chor. Darauf machte ich mich sogleich ans Werk, bevor mich der Mut eventuell doch noch vorzeitig verlassen konnte. In geduckter Haltung schlich ich um das Feuer herum, wo alle eifrig damit beschäftigt waren, ein weiteres Opfer zu quälen. Wenig später erreichte ich den Tümpel des Todes. Mit allen Kräften unterdrückte ich meinen Ekel und watete langsam hinein. Als einziges Hilfsmittel besass ich einen langen Holzstecken, den ich am Ufer zufällig noch gefunden hatte. Bereits nach kurzer Zeit erreichte ich den hilflosen Mann, der bis zum Hals im Schlamm stand und mit jeder Bewegung tiefer einsank. Als er mich heranwaten sah, begann er vor Schreck leise zu wimmern.

«Bitte, lass mich in Frieden», stöhnte er völlig entkräftet, «es ist genug. Was wollt ihr denn noch? Wenn es einen Gott oder sonst irgendeine Instanz für Gerechtigkeit in diesem Universum gibt, dann flehe ich hiermit aus tiefstem Herzen um Vergebung. Ich schwöre, dass ich nie wieder etwas Unrechtes tun werde, falls ich wieder einmal zurück auf die Erde gelangen sollte.»

«Ich habe gute Nachrichten für dich, Kumpel», flüsterte ich ihm vertrauensvoll zu, «ab jetzt geht es nur noch aufwärts mit dir. Und zwar ganz einfach deshalb, weil du genau in diesem Moment am absolut tiefsten Punkt der menschlichen Existenz angelangt bist. Bist du bereit, um endgültig von hier abzuhauen?»

Seine erste Reaktion war, dass er mich dermassen ungläubig anstarrte, als wäre ich der liebe Gott höchstpersönlich. Als er merkte, dass ich das definitiv nicht war, fing er trotzdem leise an zu schluchzen. In seinen

Augen konnte ich eine Mischung aus Demut, Freude und unendlicher Dankbarkeit ablesen.

«Ich heisse Eloy», sprach ich mit ihm, um ihn etwas zu beruhigen, «und wie heisst du?»

«Ich bin Finn, der Seeräuber», entgegnete er mit zittriger Stimme. «Meine Füsse sind umwickelt von Schlingpflanzen. Ich kann mich nicht bewegen, sonst werde ich auf den Grund gezogen.»

«Keine Sorge, alter Seebär, das kriegen wir schon irgendwie hin. Solange es nur ein bisschen Seegras ist und keine angriffslustige Riesenkrake ...»

«... die gibt es eben auch hier», warnte mich Finn kleinlaut.

Nach diesen nicht gerade prickelnden Neuigkeiten beschlich mich plötzlich das ungute Gefühl, mich beeilen zu müssen.

Mithilfe des Holzstocks gelang es mir zum Glück relativ mühelos, seine Füsse aus der Umschlingung des am Seegrund wuchernden Unkrauts zu befreien. Dann nahm ich Finn, den ehemaligen Seeräuber, huckepack und schleppte ihn langsam in Richtung Ufer. Auf einmal fing das schwarze Wasser hinter uns bedrohlich zu blubbern an.

«Oh mein Gott, das ist die allesfressende Riesenkrake, von der ich dir erzählt habe», rief Finn panisch.

Sofort sprang er von meinem Rücken und schwamm wie ein geölter Blitz zum Ufer, wo er erschöpft liegen blieb. Auch ich hatte einen derartigen Adrenalinschub, dass ich im Rekordtempo ans rettende Ufer hechtete. Der bestialische Gestank von Fäulnis, der diesem grausigen Sumpf in Form von giftigen Dampfwolken entwich, machte mich halb benommen.

Als wir beide, halbwegs erholt von diesem Abenteuer, nebeneinander am Ufer lagen, ertönte von irgendwoher auf einmal ein schmerzhaft greller Pfeifton. Im selben Augenblick rauschte von oben ein fast unsichtbarer, aber dennoch überdimensional grosser Greifvogel heran. Mit grimmigem Blick nahm er uns ins Visier, nur um uns kurz darauf im Sturzflug zu attackieren. Den ersten Angriff konnte ich glücklicherweise mit dem Stock knapp abwehren, sonst hätten uns seine messerscharfen Klauen im Nu zerfetzt.

«Verdammt, auch das noch», keuchte Finn aufgeregt, «das ist das blutrünstige und hasserfüllte Nebelphantom. Wir nennen es den Namenlosen. Wenn der dich zu fassen kriegt, dann gute Nacht. Dagegen ist die Riesenkrake das reinste Kuscheltierchen.»

Durch den Lärm des blöden Raubvogels wurden dummerweise auch die Quälgeister am Feuer auf uns aufmerksam. Es dauerte nicht lange, bis der stämmige Anführer Klingu mitsamt seinen Komplizen hinter uns stand.

«Na, sieh mal einer an», zischte der kahlköpfige Muskelprotz mit der bräunlichen Kampfbemalung im Gesicht neckisch. «Wen haben wir denn da? Etwa ein unangemeldeter Besucher? Oder ein armer Wanderer, der sich in unserem reizenden Land verirrt hat?»

«Vermutlich beides, Furzgesicht», entgegnete ich unerschrocken.

«Oh, habt ihr das gehört, Freunde?», grinste Klingu verwegen. «Es scheint fast so, als müssten wir dem ungebetenen Gast zuerst einmal gute Manieren beibringen.»

Dann wurde sein Tonfall auf einmal deutlich ruppiger, als er seinen Untertanen befahl: «Füllt den grossen Kochtopf bis oben mit Wasser, und fangt dazu noch ein paar dieser niedlichen kleinen Killerfische im Tümpel. Danach stellt den Topf ins Feuer, und zwar mitsamt dem Eindringling. Der freundliche Herr wünscht eine Spezialbehandlung. Dasselbe gilt für diesen erbärmlichen Möchtegern-Seeräuber hier.»

Genau in dem Augenblick, als sich einige Mitglieder der Quälgeist-Bande auf Finn und mich stürzen wollten, griff *der Namenlose* zum zweiten Mal aus der Luft an. Ich konnte mich gerade noch rechtzeitig zur Seite rollen, so dass der gigantische Raubvogel anstatt mich zwei der Peiniger erwischte. Mit triumphierendem Gekrächze flatterte *der Namenlose* wieder davon, inklusive der reichhaltigen Beute, die er fest umklammerte. Klingu glotzte irritiert in den wolkenverhangenen, pechschwarzen Himmel. Aus Rache wollte er sich nun mit doppelter Wut im Bauch auf uns stürzen, und zwar höchstpersönlich.

Da ertönte auf einmal eine zarte Frauenstimme aus dem Hintergrund: «Wage es ja nicht, die beiden anzurühren, oder du wirst es bitter bereuen.»

Klingu hielt mitten in der Bewegung inne und drehte sich überrascht um, jetzt noch irritierter als eben zuvor.

«Kann mir mal einer erklären, was hier eigentlich genau los ist?», brüllte er tobend und geifernd. «Wer zum Teufel sind all diese Eindringlinge, und woher kommen sie?»

Weil keiner seiner Gehilfen eine schlaue Antwort wusste, schlug der jähzornige Muskelmann einfach den erstbesten mit einem wuchtigen Faustschlag zu Boden. Inzwischen herrschte auf dem Platz ein heilloses

Durcheinander. Die meisten Quälgeister flohen in alle Himmelsrichtungen. Aus Angst vor ihrem rabiaten Anführer, der offensichtlich Bärenkräfte besass.

Heather und Lucy nutzten die Gunst der Stunde und rannten schnell zum Ufer, wo Finn und ich immer noch klatschnass und ölverschmiert auf dem steinigen Boden hockten.

«Netter Strand», begrüsste uns Heather ironisch. «Darf ich euch zur Feier des Tages noch einen fruchtigen Drink bestellen? Die idyllische Cocktailbar oben am Lagerfeuer hat soeben aufgemacht.»

«Heather, bist du verrückt geworden?», platzte es aus mir heraus. «Klingu wird uns alle mit blossen Händen zermalmen.»

«Wird er nicht», lächelte sie verschmitzt. «Dreh dich mal um.»

Als ich den Kopf in Richtung Tümpel drehte, erblickte ich etwas Unfassbares.

Mitten in der Luft, über dem Teich schwebend, hatten sich plötzlich weiss leuchtende Treppenstufen materialisiert, die scheinbar ziellos in den finsteren Nachthimmel führten. Die erste Stufe befand sich direkt vor meinen Füssen. Links und rechts davon standen zwei majestätische Engel, gekleidet in himmlische, hellblau glänzende Gewänder. Diese Lichtwesen sowie die gesamte Treppe waren von einer dermassen sonnendurchflutet strahlenden Aura umgeben, dass sich sämtliche dunklen Kreaturen, die sich noch in der Nähe befanden, verstört die Hände vor das Gesicht hielten. Denn so eine reine Schwingung konnten sie nicht ertragen, das war buchstäblich zu viel des Guten.

Einer der Engel begrüsste uns mit vertrauter

Stimme: «Hallo Freunde, willkommen in unserem mobilen Treppenhaus. Tretet ein, solange die Luft rein ist. Denn so rein wie jetzt wird sie für lange Zeit nicht mehr sein.»

«Ach, Mondblume», seufzte ich erleichtert, «du bist ein Engel.»

«Ich weiss», entgegnete sie augenzwinkernd.

Heather nahm die völlig sprachlose Lucy bei der Hand und führte sie hinauf in Sicherheit. Danach folgten Finn und ich. Als Finn an Mondblume vorüberging, blieb er kurz stehen und schaute sie ehrfurchtsvoll an. Dann füllten sich seine Augen plötzlich mit Tränen, und er sank demütig vor ihr auf die Knie.

«Danke», war alles, was er herausbrachte. «Danke.»

Auf ein Zeichen von Mondblume half ich Finn schliesslich wieder auf die Beine, darauf betraten wir feierlich die erste Stufe. Kaum standen wir auf diesem wolkenähnlichen Gebilde, wurden wir beide von einem angenehm warmen Lufthauch erfasst, der uns auf magische Weise vom ganzen Schmutz und Gestank reinigte.

«Ah, das fühlt sich doch schon viel besser an, oder?», sagte ich zu Finn.

Als Antwort darauf legte er mir brüderlich den Arm um meine Schultern. So stiegen wir lächelnd, und vor allem frisch herausgeputzt, die luftige Wolkentreppe in den Himmel hinauf.

Inzwischen hatte sich Klingu, das einzig verbliebene Mitglied dieser Höllentruppe, wieder aufgerappelt. Begleitet von wütendem Kampfgeschrei stürmte der verbissene Anführer auf die Treppe zu und begann wild entschlossen, die einzelnen Stufen zu erklimmen. Unsere kleine Gruppe befand sich mittlerweile bereits in beachtlicher Höhe über dem Teich, als wir hinunterschauten und ihn bemerkten.

«Macht euch keine Sorgen, die meisten Probleme erledigen sich ganz von selbst», beruhigte uns Mondblume.

Tatsächlich lösten sich die ätherischen Treppenstufen, angefangen bei der untersten, eine nach der anderen in Luft auf. Klingu gab sich zwar redliche Mühe, noch schneller hinaufzuklettern, aber es nützte nichts. Als sich die Stufe, auf der er sich gerade befand, im Bruchteil einer Sekunde in Nichts auflöste, fiel er schreiend nach unten. Wie es das Schicksal so wollte, plumpste er genau in die Mitte des schwarzen Tümpels.

«Tja, wer anderen eine Grube gräbt, muss sich nicht wundern, wenn er schlussendlich selbst hineinfällt», meinte ich lakonisch.

Was aus Klingu wurde, habe ich jedoch nie erfahren. Ich wusste nur, dass früher oder später jedes noch so boshafte Geschöpf genug von diesen ewigen Machtkämpfen hat, und sich freiwillig den lichtvolleren Bereichen zuwendet.

Wir jedenfalls schauten mit glänzenden Augen nach vorne. Ein paar wenige Treppenstufen über uns hatte sich nämlich wie aus dem scheinbaren Nichts ein goldener Tempel gebildet, der quasi mitten in der Luft schwebte. Als wir wenig später an der Schwelle zum Eingang standen, schaute ich noch ein letztes Mal zurück. Die Treppe unter uns war nun komplett verschwunden, so als wäre sie gar nie da gewesen. Weit unten sah ich diese verflixte Waldlichtung mit der hässlichen Pfütze, umgeben vom riesigen Wald der Trostlosigkeit. Vor uns jedoch erstreckte sich die helle, freundliche Empfangshalle dieses mysteriösen Zauberschlosses. Überall glitzerten prächtige Kristalle in allen möglichen Variationen, und in der Mitte des Raumes stand ein runder Tisch. Dieser quoll fast über vor exotischen Früchten und anderen leckeren Dingen, die in Hülle und Fülle vorhanden waren.

«Dies ist der fliegende Palast», erklärte uns Mondblume freudig. «Wobei der Begriff *Raumschiff* wohl passender wäre. Denn mit diesem luxuriösen Gefährt können wir im Nu an jeden beliebigen Ort in sämtlichen Universen reisen. Ganz egal, um welche irdische Zeitepoche, interstellare Dimension oder sonstige Sphäre es sich dabei auch immer handeln mag.»

Nach einer kurzen Pause fügte sie schelmisch hinzu: «Und wie ihr eben gesehen habt, ist die zusätzliche Funktion mit der Eingangstreppe aus puren Wolken, die sich im Nullkommanichts materialisieren und wieder in Luft auflösen lässt, auch nicht von schlechten Eltern, oder?»

Nachdem wir uns an diesem reichlich gedeckten Buffet gestärkt hatten, betrat eine unglaublich grosse, schlanke Frau den Raum. Ihr zierlicher Körper steckte in einer äusserst schicken, orange glitzernden Uniform, die mit allerlei rätselhaften Symbolen und Emblemen bestickt war.

«Seid gegrüsst, liebe Erdenkinder», nickte sie uns höflich zu. «Ich bin Nitux, die Kommandantin dieser Raumfähre. Lucy und Finn, ihr dürft nun mit mir mitkommen. Oben im Schulungsraum befinden sich noch weitere Neuankömmlinge, die aus dieser dunklen Sphäre befreit werden durften. Gemeinsam werdet ihr gleich erfahren, wie es mit euch weitergeht. Denn wie ihr inzwischen sicherlich schon wisst, ist die unergründliche Reise der Seele ein nie endendes Abenteuer.»

Wir umarmten uns alle noch einmal ganz herzlich, dann ging Nitux mit ihren beiden neuen Schülern hinaus. Mondblume, Heather und ich hingegen blieben noch eine Weile nachdenklich schweigend auf dem bequemen Sofa in der Empfangshalle sitzen. Innerlich ahnte ich bereits, dass uns noch eine letzte Prüfung in den dunklen Ebenen des Höllenreichs bevorstand.

Die endlose Schlacht

Dieses Mal war ich jedoch ganz auf mich allein gestellt. Aus verschiedenen Gründen hatte Mondblume Heather kurzerhand abberufen und auf eine separate Mission geschickt. Nun befand ich mich bereits wieder mitten in einem neuen Drama. Und zwar in einem finsteren Land, in dem andauernd Krieg herrscht. Hierhin werden all diejenigen Seelen versetzt, die das Kriegsspiel selbst nach ihrem irdischen Tod nicht lassen können. Auf dieser Ebene, auch genannt *das Land der Unruhe*, steht ihnen alle Zeit der Welt zur Verfügung. Hier können sich alle streitlustigen Geister nach ihrem Ableben so lange weiterhin gegenseitig bekämpfen und bestehlen, wie sie wollen. Genauer gesagt, bis sie irgendwann einmal reif genug sind, um aus diesem schrecklichen Albtraum aufzuwachen. Das passiert aber erst dann, wenn eine geläuterte Seele endgültig genug hat von diesem sinnlosen Hamsterrad.

Da für jeden Bewusstseinszustand, in dem ein Mensch die Erde verlässt, ein geistiges Gegenstück existiert, gibt es eben auch eine kriegerische Ebene. Mondblume hatte mir erklärt, dass im Land der Unruhe viele Seelen vorübergehend wohnen, die sozusagen in einer Endlosschlaufe Krieg führen oder sonst ständig in Streit und irgendwelche belanglose Machtkämpfe verwickelt sind. Die meisten befinden sich schon seit sehr langer Zeit hier, da ein paar Hundert Jahre hier eine völlig andere Bedeutung haben als auf der Erde. Deshalb war ich auch nicht allzu verwundert, als ich auf den Strassen

Geister aus allen möglichen Zeitepochen und Kulturen der Menschheitsgeschichte antraf. Von altertümlich gekleideten Kriegern bis hin zu Soldaten und Diktatoren in hochmodernen Uniformen war so ziemlich alles vertreten. Nur eines besassen sie hier nicht: Waffen. Diese gewalttätigen Kreaturen waren also mehr oder weniger gezwungen, mit blossen Händen aufeinander loszugehen, wenn sie es einfach nicht lassen konnten. Obwohl sich mein Mitleid mit diesen unfassbar primitiven Reptiliengehirnen zugegebenermassen in Grenzen hielt, bestand meine Aufgabe auch hier wiederum darin, herumirrende Geister ausfindig zu machen und einzusammeln. Genauer gesagt diejenigen, die ein für alle Mal die Nase voll hatten von diesen ewigen, dummen Streitereien und gegenseitigen Quälereien.

Wie ich inzwischen selber bereits herausgefunden hatte, gibt es ein grundlegendes äusseres Merkmal, das die Menschen auf der Erde von den Geistern der Hölle unterscheidet. Alles, was abstossend ist, kann der irdische Körper verbergen. Der nackte Geist in der Astralwelt jedoch offenbart stets die wahre Gesinnung. Das heisst, als Mensch kann selbst der grösste Verbrecher und Lügner seine wahren Absichten hinter der trügerischen Fassade der physischen Erscheinung verbergen. Er kann sich hübsch herausputzen, den Leuten höflich ins Gesicht lächeln, und dabei unter Umständen vielleicht sogar noch halbwegs sympathisch wirken. In der geistigen Welt ist die hinterlistige Falschheit einer so gut getarnten Maskerade jedoch nicht mehr möglich. Denn hier gibt es schlichtweg keine Fassade, sprich keinen physischen Körper mehr, der alles Boshafte von den Augen der Öffentlichkeit verdecken kann.

Würde man den hoffnungslosen Versuch unternehmen, diese simple Tatsache einem noch lebenden, von
Machtgier besessenen Menschen zu erklären, so würde man vermutlich auf taube Ohren stossen. Denn der
normale Durchschnittsmensch reagiert in der Regel
mit beissendem Spott auf all jene Dinge, die sein be-
grenzter Verstand nicht begreifen kann. Schade eigentlich, der Mensch hätte es nämlich viel leichter, wenn er
seine Übeltaten noch zu Lebzeiten auf der Erde wieder
gutmachen würde. Denn hier, in diesem Bereich der
Unterwelt, wo es zahlreiche Abstufungen gibt, die man
zusammenfassend als Hölle bezeichnet, ist die ganze
Angelegenheit dann um einiges kniffliger. Ist eine derart verdorbene Seele erst einmal in einer dieser untersten Sphären angekommen, dann muss sie zuerst einmal
durch den Sumpf ihrer eigenen Sünden kriechen. Und
zwar oftmals im wahrsten Sinne des Wortes. Doch für
jedes Lebewesen wird irgendwann schliesslich die glorreiche Stunde des geistigen Erwachens kommen. Selbst
diejenigen, die zu den tiefsten Abgründen herabgesun-
ken sind, werden sich eines Tages erheben und sich Stufe um Stufe zu höheren Sphären emporarbeiten. Genauso, wie es Lucy die Hexe und Finn der Seeräuber getan
haben.

Während ich mich also auf die Suche nach hilfsbe-
dürftigen Geschöpfen begab, kam mir plötzlich eine Warnung in den Sinn, die mir Mondblume extra noch mit auf
den Weg gegeben hatte. *«Übe dich in Selbstbeherrschung,
Eloy»*, hatte sie mir abermals eingebläut, *«lasse dich
niemals dazu verleiten, dich durch aggressives oder gar
gewalttätiges Verhalten auf dieselbe niedere Stufe hinab-
ziehen zu lassen, auf der sich diese Wesen befinden. Denn*

erst auf dieser Schwingungsfrequenz wirst du energetisch wirklich angreifbar. Versuche, stets in deiner Mitte zu bleiben, dann wirst du auf all deinen Wegen beschützt sein.»

Gedankenversunken setzte ich meinen Weg fort. Da ich kein bestimmtes Ziel hatte, wanderte ich einfach planlos durch die Gegend. Irgendwann bemerkte ich, dass die karge Landschaft vor mir immer weiter und offener wurde. Ehe ich mich versah, befand ich mich plötzlich mitten in einer Art Prärie. So weit das Auge reichte, war das ganze Land flach wie ein Pfannkuchen. Abgesehen davon gab es in dieser öden Steppe weder Bäume noch Sträucher. Bloss ein paar niedergebrannte Baumstumpfe sowie irgendwelches hässliches Unkraut. Das alles war ja eigentlich nicht besonders aussergewöhnlich, aber diese gespenstische Stille erschien mir auf jeden Fall mehr als suspekt.

«Das muss wohl die Ruhe vor dem Sturm sein», schoss es mir durch den Kopf, und genau so war es auch. Auf einmal bemerkte ich mit Schrecken, dass die ganze Fläche vor mir übersät war mit leblosen Gestalten. Zunächst dachte ich, dass es sich dabei lediglich um ein paar einzelne Geschöpfe handelte. Doch schon bald realisierte ich, dass hier offenbar eine ganze Kompanie überall verstreut herumlag. Gerade, als ich darüber nachdachte, dass es so etwas wie *tot sein* in Wirklichkeit ja gar nicht gibt, passierte etwas Unglaubliches.

Obwohl von nirgendwo her ein Befehl ertönte, fingen die vermeintlich leblosen Körper wie auf Kommando an, sich zu bewegen und aufzurichten. Rings um mich herum wurde die Welt völlig unerwartet zum Leben erweckt, und kurz darauf stand ich mitten in einer kampfbereiten Armee. Genauer gesagt handelte es sich um zwei Armeen, die sich allem Anschein nach feindlich gesinnt waren. Innert kürzester Zeit standen sich Hunderte von Soldaten in Schlachtordnung gegenüber – und ich mittendrin. Doch anstatt in Panik zu geraten, erinnerte ich mich an den Ratschlag von Mondblume.

«Wenn du in das grosse Schlachtfeld hineingeratest, verhalte dich so ruhig wie möglich. Es kann dir kein Leid geschehen, weil du durch das starke Energiefeld deiner Aura vor jeglichen Übergriffen geschützt bist. Die dunklen Geister, die hier ununterbrochen streiten, waren schon auf der Erde blutrünstige, grausame Menschen. Deshalb kämpfen sie selbst hier in den Reichen der Hölle noch gegeneinander in endlosen Schlachten. Wenn die Soldaten jedoch erschöpft sind, fallen sie einfach um, in einen Zustand der Bewusstlosigkeit. Aber sobald sie wieder aufwachen, stehen sie auf und kämpfen weiter. Dieses traurige Spiel wiederholt sich immer wieder, Tag für Tag. Und zwar exakt so lange, bis der Überdruss irgendwann so gross ist, dass in ihrer Seele der göttliche Funken nach etwas Höherem erwacht. Denn wie du weisst gibt es hier keinen Tod, der dieses sinnlose Gemetzel jemals beenden könnte.»

Plötzlich blies jemand in eine Art Jagdhorn, das einen furchtbar schiefen Klang oder, besser gesagt, Missklang erzeugte. Offensichtlich handelte es sich dabei um das Startsignal für eine erneute Schlacht. Erschrocken und dennoch irgendwie fasziniert von diesem tragischen Schauspiel beobachtete ich gespannt, was um mich herum passierte. Die beiden gewaltigen Geisterheere marschierten aufeinander zu, und zwar exakt so, wie sie es auch früher auf der Erde schon unzählige Male getan haben. Obwohl diese abstossenden Kreaturen jeden Tag aufs Neue übereinander herfielen, glühten ihre Augen dennoch vor Hass und falschem Ehrgeiz. Fluchend und mit grimmigem Geschrei trampelten die formierten Einheiten wie eine Herde wilder Tiere über das Schlachtfeld und gingen aufeinander los.

Da es hier ja keine Waffen gab, stürzten sich diese bösartigen Dämonen einfach mit ihren scharfen Reisszähnen und klauenartigen Händen aufeinander und packten sich gegenseitig an der Kehle. Nur schon der fatale Irrglaube, dass sie hier um die Vorherrschaft kämpften, machte die Hölle zu einem *noch* scheusslicheren Ort. Aber die krankhafte Gier nach einem belanglosen Territorium mit vermeintlichen Bodenschätzen war nun mal in ihre menschlichen Gene eingebrannt. Einen Moment lang war ich dermassen erfüllt von Ekel und Abscheu, dass ich diesen Ort am liebsten unverzüglich verlassen hätte. Intuitiv wusste ich jedoch, dass jetzt die Zeit für mein Werk gekommen war.

Während die Schlacht um mich herum nach wie vor tobte und immer mehr Opfer forderte, bahnte ich mir einen Weg zwischen den Gefallenen hindurch. Viele von ihnen wälzten sich, stöhnend vor körperlichen Schmerzen und geistiger Erschöpfung, auf dem harten Boden hin und her. Das taten sie so lange, bis sie sich wieder einigermassen erholt hatten, nur um sich dann erneut mit hasserfülltem Gebrüll auf den Feind zu stürzen. Wieso merkte keiner von ihnen, dass sie in Wahrheit eigentlich nur gegen ihre eigenen inneren Dämonen ankämpften, die sich in der äusseren Welt als sogenannter Feind widerspiegelten? Ausserdem gab es hier ja auch keinen Tod, der sie von ihrem sich selbst auferlegten Leiden, erzeugt durch Unbewusstheit, erlösen konnte.

Da ich zunächst keine Ahnung hatte, wem, und vor

allem wie ich hier überhaupt helfen sollte, stand ich ein wenig ratlos in der Gegend herum. Weil mich niemand attackierte, ging ich davon aus, dass mich diese Kreaturen vielleicht gar nicht sehen konnten. Vermutlich schwang mein Astralkörper in einer anderen, weniger dichten Frequenz, die sie nicht wahrnehmen konnten. Als schlussendlich immer mehr Verwundete wehklagend herumlagen, vernahm ich telepathisch wiederum die Stimme von Mondblume.

«Unter den Besiegten gibt es viele, die den Krieg mittlerweile ebenso verabscheuen wie du. Die Gewinner dieser endlosen Schlacht hingegen befinden sich nach wie vor in einem hypnotisierten Rauschzustand. Für sie könnte dieses Spiel, in dem der Brutalere und Herzlosere gewinnt, noch ewig so weitergehen. Das heisst, zumindest so lange, bis sie eines Tages ebenfalls zu den Unterlegenen gehören werden. Erst dann werden sie nämlich empfänglich für Hilfe sein, vorher nicht. Und genau um diejenigen, die innerlich schon lange um Erlösung gebeten haben, werden wir uns nun kümmern. Richte deinen Blick nach oben, dann siehst du die Sonnenengel, die mit Sternenlicht ausgerüstet sind.»

«Wie bitte? Sonnenengel mit Sternenlicht?», murmelte ich irritiert vor mich hin. «Soll das etwa ein Scherz sein?»

Da ich aber natürlich wusste, dass die weise Mondblume unter diesen prekären Umständen bestimmt keine blöden Witze reissen würde, schaute ich wie geheissen nach oben in den schwarzen Nachthimmel. Zuerst konnte ich rein gar nichts erkennen, doch schon nach kurzer Zeit kristallisierten sich überall gelbe Punkte heraus, die wie kleine Sonnen den Himmel erhellten.

«Aha, das müssen wohl die Sonnenengel sein», kombinierte ich scharfsinnig.

Anscheinend war ich der Einzige, der diesen himmlischen Rettungsdienst bemerkte, denn von den noch kämpfenden Soldaten nahm niemand Notiz davon.

Die kleinen Sonnen kamen immer näher heran, bis sie schliesslich dicht über dem Schlachtfeld schwebten. Während ich dieses wundersame Schauspiel erstaunt beobachtete, schossen die Sonnenengel plötzlich smaragdgrün leuchtende Blitze ab.

«Grün ist die Farbe der Hoffnung, und sogar in der Hölle ist Hoffnung vorhanden», war die symbolische Botschaft dahinter. Dann verwandelten sich die zuckenden Blitze allmählich in verdichtete, röhrenförmige Strahlen. Diese Strahlen – das smaragdgrüne Sternenlicht – fielen nun auf all diejenigen Geister, die gemäss ihrem Seelenplan gerettet werden konnten. Somit war also nicht nur die Angelegenheit mit den Sonnenengeln, sondern auch das mit dem ominösen Sternenlicht geklärt. Und mir wurde erst noch die Ehre zuteil, dieses unbeschreibliche Wunder, das jetzt erst richtig begann, als Zuschauer miterleben zu dürfen.

Nachdem all die verlorenen und geschlagenen, hilflos am Boden verstreuten Gestalten mit dem zauberhaften Sternenlicht anvisiert worden waren, wurden sie augenblicklich in einen heilenden Schlafzustand versetzt. Anschliessend wurden ihre geschundenen Körper von den smaragdgrünen Strahlen sachte umhüllt. Schliesslich beobachtete ich, wie sich die Seelen sanft vom Astralkörper lösten und, eingehüllt in das Sternenlicht, zum Himmel emporschwebten. Dort wurden sie von den geduldig wartenden Sonnenengeln in Empfang genommen und gemeinsam in die nächsthöhere Sphäre transportiert, wo sie später erwachen würden. Von einem mächtigen Glücksgefühl durchflutet, beugte ich mich zu einer am Boden liegenden Gestalt nieder und hob vorsichtig ihren Kopf. Das Wesen blickte mich mit einem derart traurigen, verzweifelten Blick an, der mehr als tausend Worte sagte.

«Keine Angst, alles wird gut, mein Freund», flüsterte ich dem müden Kämpfer lächelnd zu. «Die dunkelste Stunde ist immer diejenige vor der Dämmerung. Schliesse nun deine Augen, denn schon bald wirst du in einer besseren Welt erwachen.»

Darauf huschte der Anflug eines milden Lächelns über sein Gesicht, und er schloss erwartungsvoll die Augen. Im selben Augenblick wurden wir beide von einem dieser magischen Sternenlicht-Strahlen erfasst und gemeinsam in die Höhe getragen. Während dieser Auffahrt schaute ich nochmals auf das grosse Schlachtfeld hinunter, wo das teuflische Treiben eine breite Spur der Verwüstung hinterlassen hatte. Doch ebenso durfte ich miterleben, dass in dieser dunklen Stunde viele reumütige Seelen befreit worden waren. Auch wenn ich selbst zwar nicht viel dazu beigetragen hatte, so war dieses Erlebnis dennoch eine wichtige Lektion für meine eigene seelische Weiterentwicklung gewesen.

Nachdem die Sonnenengel mithilfe des smaragdgrünen Sternenlichts alle eingesammelt hatten, entschwanden wir gemeinsam in die Lüfte und verliessen dieses beklemmend düstere Höllenreich. Tief in meinem Herzen keimte das triumphierende Gefühl auf, dass ich auch diese letzte Prüfung inmitten der endlosen Schlacht mit Bravour gemeistert hatte. Ja, ich war mir sogar ziemlich sicher, dass ich diese niederen Sphären jetzt ein für alle Mal hinter mir lassen durfte.

Die Reise mit den fröhlichen Sonnenengeln und den geretteten, schlafenden Gestalten dauerte nicht lange. Als wir unseren Zielort erreichten, erkannte ich sogleich den goldenen Palast oder, besser gesagt, das Raumschiff wieder. Gleich nach unserer Ankunft wurde ich, wie schon beim letzten Mal, in die wunderschöne Empfangshalle geführt. Dort erwarteten mich bereits Mondblume, und zu meiner grossen Freude auch Heather. Ich war wirklich gespannt zu hören, was sie in der Zwischenzeit so alles erlebt hatte. Aber die beiden bestanden einstimmig darauf, dass ich ihnen zuerst von meinen eigenen Erlebnissen berichtete. Hm, wer konnte solch charmanten Geschöpfen einen derart bescheidenen Wunsch denn schon abschlagen?

Im Land der Hoffnung

Nach diesem ausgiebigen Kaffeekränzchen führte uns Mondblume in einen grossen, runden Konferenzsaal. Dort befanden sich bereits ungefähr Hundert andere Lichtarbeiter, die wie Heather und ich in den verschiedensten Sphären der Hölle auf Wanderschaft gewesen waren. Offenbar hatten alle nur noch auf uns gewartet, denn kurz darauf begann Nitux, die Vorsitzende, mit ihrer Rede.

«Liebe Wanderer im Lande der Geister, nach eurer erfolgreichen Mission heisse ich euch hier ganz herzlich willkommen», sprach sie in hoffnungsvollem Tonfall. «Jeder Einzelne von euch ist in den letzten Wochen in die dunkelsten Zonen buchstäblich hineingeworfen worden. Dort habt ihr mit eigenen Augen gesehen, wie hoch der Preis ist, den eine Seele für die begangenen schlechten Taten auf der Erde bezahlen muss. Ebenso durftet ihr aber lernen, dass sämtliche Schulden ein für alle Mal getilgt sind, sobald sie einmal beglichen wurden. Es gibt also kein ewiges Fegefeuer, wo die sündhaften Menschen nach ihrem Tod für immer und ewig schmoren. Nein, denn irgendwann wird für jede verirrte Seele schliesslich die glorreiche Stunde des Erwachens schlagen. Und auf eurer Pilgerreise habt ihr unzähligen von ihnen den Weg ins Licht gezeigt. Einige von euch werden schon bald wieder auf der Erde als ganz normale Menschen inkarnieren. Dennoch wird die Erinnerung an die schrecklichen Zustände in der Hölle in eurem Unterbewusstsein weiter existieren. Aufgrund der

Erfahrungen, die ihr hier gesammelt habt, könnt ihr den Menschen später ein Vorbild sein, damit sie nicht vom rechten Weg abkommen.»

Dann legte Nitux eine kleine Pause ein, damit wir ihre eindringlichen Worte verinnerlichen konnten. Schliesslich sprach sie mit ruhiger Stimme weiter:

«Viele von euch werden ihren Entwicklungsweg jedoch nicht in der irdischen, sondern in der geistigen Welt fortsetzen. Zusammen mit Mondblume werdet ihr *ins Land der Hoffnung* aufbrechen. Lasst uns jetzt diesen dunklen Reichen hier endgültig Lebewohl sagen. Aber nicht in einem Zustand der Trauer, wegen der vorherrschenden Trostlosigkeit. Sondern vielmehr in der Hoffnung, dass all die verkommenen Gestalten sich von den Fesseln des Leidens so schnell wie möglich befreien mögen. Denn genau diese geläuterten Seelen werden später, in den lichtvolleren Sphären, hervorragende Lehrer für all die anderen gefallenen Individuen sein.»

Nach dieser kurzen Ansprache wurden wir in zwei Gruppen unterteilt. Die eine Gruppe sollte nun, wie Nitux es bereits erwähnt hatte, darauf vorbereitet werden, um später als wahrhaftige Vorbilder wieder zur Erde zurückgesandt zu werden. Dort sollten sie dann unerkannt all jenen Menschen beistehen, die noch mit irdischen Versuchungen zu kämpfen hatten.

Heather und ich hielten uns nervös wie zwei Schulkinder an den Händen. Wir befürchteten schon, dass sie uns jetzt gleich wieder trennen würden. Doch als uns Mondblume so verstört dasitzen sah, kam sie lachend auf uns zu.

«Hey, keine Angst, ihr beiden», beruhigte sie uns, «ihr dürft von jetzt an zusammenbleiben. Und zwar so lange, wie es euch beliebt. Wie ihr vorhin vernommen habt, führt euch euer Weg nun ins sogenannte Land der Hoffnung. Dort gibt es natürlich auch wieder viele neue Dinge zu lernen, einfach auf einer anderen Entwicklungsstufe. Wenn ihr bereit seid, dürft ihr gerne mit mir mitkommen.»

Als ich diese überaus frohe Botschaft vernahm, fiel mir ein Stein vom Herzen. Auch Heather seufzte erleichtert und drückte meine Hand noch fester.

«Gleich und Gleich gesellt sich eben doch gern, nicht wahr, mein lieber Eloy?», raunte sie mir augenzwinkernd zu.

Noch am selben Nachmittag brach unsere neu zusammengewürfelte Truppe auf zu neuen Ufern. Nach der erfolgten Gruppeneinteilung durch Nitux bestand unsere Einheit jetzt nur noch aus exakt dreiunddreissig wissbegierigen Individuen, die von Mondblume angeführt wurden. Es ist zwar äusserst schwierig, den genauen Vorgang dieser Reise in die begrenzten Worthülsen der menschlichen Sprache zu pressen, aber ich werde trotzdem einen Versuch wagen.

Zunächst einmal muss man wissen, dass wir nicht in einem materiellen Gefährt wie zum Beispiel einem Raumschiff reisten, sondern bloss mithilfe unserer astralen Lichtkörper. Bildlich gesprochen bewegten wir uns ungefähr so fort wie ein Vogelschwarm. Optisch besass unser Geschwader die Formation von einem grossen Dreieck, an dessen Spitze Mondblume positioniert war. Ausserdem war die gesamte Reisegruppe eingehüllt in eine unsichtbare Schutzhülle, damit wir unbehelligt aus den finsteren Höllenreichen entschwinden konnten. Auf diese Weise stiegen wir also stetig nach oben, wobei die

Umgebung von Stufe zu Stufe etwas freundlicher wurde. Die höheren Sphären vor uns erschienen wie flache Ebenen, die sich am Horizont befanden.

Kaum hatten wir die jeweils nächsthöher gelegene Fläche erreicht, konnten wir staunend das neue Land überblicken, das sich vor uns erstreckte. Doch schon nach kurzer Zeit erhoben sich am Horizont bereits wieder neue Ebenen, die *noch* höher lagen. So ist es also möglich, auf jene Länder niederzuschauen, die hinter einem liegen. Wie auf eine Reihenfolge von Terrassen, von denen jede zu einer niedrigeren, weniger schönen führt. Auf diese Weise verschmelzen alle Dimensionen, die jedoch durch einen Schutzwall von magnetischen Wellen voneinander getrennt sind. Dadurch werden die Bewohner einer niedrigeren Sphäre so lange zurückgehalten, bis ihr geistiger Entwicklungsstand mit den feineren Schwingungen der höheren Bereiche in Einklang gekommen ist. Die Bewohner der höheren Welten können die Sphären unter ihnen aber jederzeit besuchen, wenn sie wollen.

Während dieser äusserst spektakulären Reise, die von den tiefsten Tälern der Hölle, bis hinauf zu den oberen Bereichen der Astralwelt führte, erblickte ich die unglaublichsten Landschaften mit den dazugehörigen Bewohnern. Dabei wurde mir klar, dass viele sogenannte Märchenfiguren in Wahrheit genau diesen Ebenen entspringen, wobei für die jeweiligen Einwohner alles ebenso real ist, wie für die Menschen das alltägliche Leben auf der Erde. Von schauderhaften Gestalten wie Werwölfen und entstellten Monstern, bis hin zu Einhörnern, Zauberern und anderen Fabelwesen war so ziemlich alles vertreten. Ja, selbst Zwerge, Elfen und andere sogenannte Naturgeister sah ich mit eigenen Augen. Mondblume, unsere unendlich kluge Reiseführerin, erklärte folgendes dazu:

«Wenn ihr all die unterschiedlichen Lebewesen betrachtet, die im grenzenlosen Universum existieren, dann wisst ihr jetzt auch, wo der Ursprung aller Märchen und Fantasiegeschichten zu finden ist. Es gibt auf der Erde viele Künstler, die sich unbewusst mit den verschiedensten Welten verbinden und all diese vermeintlichen Fantasiewelten dadurch zum Leben erwecken. Unzählige Geschichten, Bilder sowie andere irdische Kunstwerke sind durch Menschen erschaffen worden, die empfänglich waren für die jeweilige Inspiration. Wie es die Wortwurzel mit *in-Spirit* schon andeutet, fliesst alles, was auf der Erde erfunden oder erschaffen wird, zuerst durch den Geist, also den Spirit der Menschen. In diesem Sinne kann man also nur diejenigen Ideen in eine materielle Form giessen, die aus der geistigen Welt kommen, weil sie dort bereits existieren. Das können einerseits himmlisch beeinflusste, schöngeistige Meisterwerke sein. Oder aber auch verdorbene und verzerrte Horrorfantasien, eingeflüstert von den Kreaturen aus der Unterwelt. Und die kennt ihr jetzt ja zur Genüge.»

Wenig später passierten wir die Erdatmosphäre. In diesen trüben Gefilden wimmelte es geradezu von erdgebundenen Geistern, die sich nicht von ihrem vergangenen Leben lösen konnten. Und dies, obwohl dort gleichzeitig auch ganze Legionen von Schutzengeln herumschwirrten, die diesen geistig blinden Geschöpfen den Weg ins Licht weisen wollten. Jenseits der irdischen Sphären wurde die Luft dann endlich klarer, sodass ich erleichtert aufatmete. Nach einer Weile breitete sich über uns wiederum eine Reihe von terrassenähnlichen Ländern aus. Diesmal jedoch, im Gegensatz zu den niederen Welten, knisterte die Atmosphäre hier förmlich vor Hoffnung. Mondblume visierte die erste Landfläche dieser neuen, aufregend erscheinenden Terrassen an, wo wir uns wenig später schliesslich niederliessen.

«Liebe Reisegefährten», wandte sie sich mit ausgebreiteten Armen an uns, «es ist mir eine Ehre, euch im Namen des kosmischen Lichtrates hier im Land der Hoffnung begrüssen zu dürfen. Genauer gesagt befinden wir uns in einem Bezirk, den die Bewohner liebevoll *Morgenland* nennen. Denn normalerweise fühlt sich für die Neuankömmlinge hier alles taufrisch und wunderbar unverdorben an. So wie ein reiner Frühlingsmorgen, mit fröhlichem Vogelgezwitscher, herrlichem Blumenduft und mild wärmenden Sonnenstrahlen.»

Mit dieser knappen Beschreibung hatte Mondblume den Nagel wieder einmal ziemlich präzise auf den Kopf getroffen. Denn all die verschmutzten Schichten, die uns aus den dunklen Sphären noch anhafteten, verflüchtigten sich in diesem paradiesisch anmutenden Morgenland augenblicklich.

Danach wurden wir in verschiedenen Unterkünften einquartiert. Mein neues Heim befand sich inmitten von grünen, sanften Hügeln. Ich empfand die Atmosphäre an diesem Ort auf Anhieb als sehr friedvoll. Das bescheidene, aber dennoch äusserst hübsche Häuschen, in dem ich nun vorübergehend wohnen durfte, war umgeben von einem wunderschönen Garten.

Nicht weit davon entfernt gab es sogar einen kleinen See, der im matten Sonnenlicht grünlich glitzerte wie ein kostbares Juwel. Das alles erschien mir nach meinen langen Wanderungen in der Finsternis derart bezaubernd, dass mich ein tiefes Gefühl der Dankbarkeit übermannte. Allerdings fiel mir auch auf, dass es trotz der Schönheit nirgendwo blühende Blumen oder Bäume gab. Doch dann erinnerte ich mich an die Belehrungen, die uns Mondblume bei der Ankunft im Land der Hoffnung erteilt hatte.

«Die Umgebung in der geistigen Welt stellt immer ein exaktes Spiegelbild vom Zustand eurer seelischen Entwicklung dar. Obwohl ihr, wie ihr anhand der grünen Umgebung sehen könnt, inzwischen schon einiges erreicht habt, haben eure Anstrengungen trotzdem noch keine Blüten getrieben. Deshalb werdet ihr hier im Morgenland die Gelegenheit haben, um weiter an euch selber zu arbeiten. Sobald ihr die nötigen Erkenntnisse verinnerlicht habt und in die Tat umsetzt, werden auch die Pflanzen in eurer unmittelbaren Umgebung dementsprechende Blüten tragen.»

Jeder Einzelne von uns hatte seine eigenen Aufgaben, die er bewältigen musste. Bei mir bestand das Hauptproblem darin, dass ich den Menschen, die mir früher feindlich gesinnt waren und die zum Teil noch auf der Erde weilten, nicht verzeihen und vergeben konnte. Mit anderen Worten: Ich war nachtragend und schleppte all diese negativen Energien unbewusst immer noch mit mir herum. Aus diesem Grund wurde mir auch die gute alte Erde als neuer Arbeitsort zugeteilt. Obschon das Umfeld des vertrauten Erdballs auf den ersten Blick natürlich um einiges angenehmer schien als dasjenige in den höllischen Bereichen, gab es dennoch gewisse Gemeinsamkeiten. Vor allem, was das egoistische und herzlose Verhalten der Menschen gegenüber sich selber, der Natur und den Tieren betrifft. Auch ich war leider alles andere als fehlerfrei gewesen, als vor gar nicht allzu langer Zeit der Tod den Faden meines Erdenlebens durchschnitten hatte. Deshalb existierten immer noch dunkle Verbindungen zu anderen Menschen, die ich nun endgültig auflösen musste. Denn bevor nicht alles ein für alle Mal bereinigt und vergeben war, konnte ich unmöglich in die nächsthöhere Sphäre aufsteigen.

Aber zum Glück hatten inzwischen auch die Menschen auf der Erde begonnen, ein wenig über den Horizont ihres irdischen Lebens hinauszublicken. Und je mehr sie über den Tellerrand ihres eigenen Alltags schauten und über den höheren Lebenssinn nachdachten, desto einfacher wurde es, die Verbindung zwischen den Lebenden und dem sogenannten Totenreich herzustellen. Auch wenn ich persönlich das Wort Totenreich absolut scheusslich und irreführend finde. Mittlerweile konnte ich ja aus eigener Erfahrung bestätigen, dass die unzähligen Bereiche auf der anderen Seite der Welt alles andere als tot oder unbelebt waren.

Meine nächste Aufgabe lautete also, mich zurück auf das altbekannte Spielfeld Erde zu begeben, und zwar in der Form eines für die Menschen unsichtbaren Geistes. Weil ich es während meinem irdischen Leben verpasst hatte, musste ich diese Lektion jetzt eben nachträglich lernen, wie man unangenehmen Zeitgenossen vollständig vergibt. Zusätzlich wurde mir sogar noch aufgebrummt, dass ich die bösen Absichten der Menschen mit guten Taten meinerseits vergelten sollte. Das schien mir wirklich eine ziemlich harte Nuss zu sein, die ich zu knacken hatte, aber leider führte nun mal kein Weg daran vorbei. So verliess ich mein gemütliches kleines

Häuschen jeweils frühmorgens, so ähnlich wie wenn ich zur Arbeit fahren würde. Und jeden Abend nach getaner Arbeit kehrte ich wieder in mein eigenes Reich zurück, wo ich meistens völlig erschöpft ins Bett plumpste.

An meinem ersten Arbeitstag verliess ich unter der Führung von einem stattlichen Engel, der mich freundlicherweise begleitete, das Land der Morgendämmerung. Zuerst überflogen wir gemeinsam all jene Länder, die sich unterhalb meiner derzeitigen Sphäre im Land der Hoffnung befanden. Schon bald darauf konnte ich in weiter Ferne die blau leuchtende Kugel, den Wasserplaneten namens Erde erblicken. Als wir näher kamen, sah ich, dass die energetische Schutzmauer zwischen dem Diesseits und dem Jenseits an vielen Stellen durchbrochen war. Aber an jeder Pforte hatte man einen Engel positioniert, um die Durchgänge zu bewachen. Zwischen diesen Pforten brach das Licht der Wahrheit durch, das bis auf die Erde hinunter schien und die empfänglichsten Menschen zu grossartigen Kunstwerken aller Art inspirierte.

Doch leider, wie mir mein Begleiter erklärte, schlichen sich dadurch auch Irrtum und Finsternis ein, und das strahlende Licht der geistigen Welt wurde getrübt. Denn unreine, betrügerische Wesen versuchten auch hier wieder, die Menschen zu täuschen und zu verführen. Bis die guten Engel schliesslich dazu gezwungen waren, die nun verdunkelten Pforten für immer zu schliessen. Doch jene Menschen, deren Herzen rein und unberührt von den niederen Gelüsten der Erde sind, finden jederzeit neue Verbindungswege zu den geistigen Lichtwelten.

Es dauerte nicht lange, bis mein begleitender Engel

und ich schliesslich diese energetische Schutzmauer erreichten. Kein irdisches Teleskop und auch kein Computer oder sonstiges Gerät vermochten diese magische Dimensionsgrenze bisher auf irgendeine Weise zu registrieren. Tatsächlich stand an einem dieser Eingangstore, welches noch nicht von dunklen Wesen infiltriert worden war, eine kräftige Gestalt mit einer Art Schwert aus purem goldfarbenem Licht. Natürlich konnte der Wächter aufgrund der Beschaffenheit unserer Aura sofort feststellen, dass wir reine Absichten hatten und in friedlicher Mission kamen.

«Wir befinden uns jetzt an der sagenumwobenen Grenze, die das Jenseits von der Welt der Menschen trennt», sagte mein Begleiter ernst. «Von hier aus musst du alleine weiterziehen, um deine Aufgaben zu bewältigen. Doch nun kennst du ja den Weg, den du in der nächsten Zeit täglich zurücklegen wirst. Und denk daran, aus Sicherheitsgründen immer nur diese Pforte hier zu benutzen. Mach's gut, Eloy.»

«Danke», stammelte ich etwas überrumpelt.

Doch bevor ich überhaupt irgendwelche Fragen stellen konnte, war der ungewöhnlich ernsthafte und schweigsame Engel bereits wieder weg. Also blieb mir nichts anderes übrig, als mich wieder einmal mutterseelenallein mitten ins Getümmel zu stürzen.

Gerade, als ich aufbrechen wollte, sah ich ein grosses Heer von strahlenden Lichtwesen an mir vorbeiziehen. Staunend betrachtete ich dieses beeindruckende Ereignis. Da erklärte mir der Wächter der Pforte: «Viele von den starken Kriegern in dieser himmlischen Armee waren früher Menschen, die gesündigt haben und deshalb zuerst in die Reiche der Hölle hinabsteigen mussten.

Infolge ihrer tiefen Reue sowie ihrer zahlreichen guten Werke jedoch sind sie jetzt Führer in den Heeren des Lichts geworden. Da sie ihre eigene niedere Natur endgültig überwunden haben, sind sie nun dazu in der Lage, die Menschen vor den bösen Angriffen aus den niederen Sphären zu schützen.»

«Wow, das ist ja ein Ding», war alles, was ich als Antwort herausbrachte.

Ich bedankte mich artig für diese hochinteressante Information, wobei ich unweigerlich an Lucy, die Hexe, und Finn, den Seeräuber, denken musste. Sehr wahrscheinlich werden auch sie, die in den ekligsten Sümpfen der Hölle ihre Seelen geläutert hatten, eines Tages in einer der zahlreichen Armeen für das Gute und die Gerechtigkeit im Universum kämpfen. Die Erinnerung an die beiden versetzte mich, ohne dass ich es beabsichtigt hatte, ganz plötzlich in eine nachdenkliche Stimmung. Die gesamte wundersame Schöpfung, mit all ihren ineinander verschachtelten Dimensionen und Welten, erstaunte mich immer wieder aufs Neue. Ganz zu schweigen von all den verschiedenen Universen, die wiederum unendlich viele Planeten und Sterne beherbergten.

Und alles, vom winzigsten Lebewesen bis hin zur grössten Galaxie, war perfekt aufeinander abgestimmt. Welch unergründliche Intelligenz konnte sich so etwas Verrücktes bloss ausgedacht haben? Es war zwecklos, sich darüber den Kopf zu zerbrechen. Denn nur schon der blosse Gedanke an solch erhabene Dinge, die schlichtweg unfassbar waren, konnten eine zartbesaitete Seele in den Wahnsinn treiben. Von daher war es meiner Ansicht nach absolut verständlich, dass der normale Durchschnittsmensch auf der Erde alles ablehnte, was ausserhalb seiner geistigen Reichweite lag. In der eigenen Komfortzone lebte es sich entschieden bequemer. Abgesehen davon müssten die Menschen bei näherem Hinschauen ja auch zugeben, dass sie im Prinzip nichts weiter als ein paar blinde Hühner sind, die zwar ständig gackern, aber nur ab und zu mal irgendwo ein Körnchen Wahrheit finden. Und dieses winzige Körnchen wird dann jeweils von ein paar selbsternannten Auserwählten nach eigenem Gutdünken verdreht und verzerrt, nur um es dann dem Rest der Menschheit als allgemeingültiges Gesetz Gottes aufzuzwingen. Ob das jetzt eher zum Lachen oder zum Weinen ist, hängt wohl von der Perspektive ab, von der man dieses kindische Treiben in der Welt der Menschen betrachtet.

Der Hüter der Pforte riss mich sanft aus meinen tiefgründigen Gedanken, indem er mir mit seinem Lichtschwert den Weg wies. Ich nickte ihm lächelnd zu, dann passierte ich aufgeregt das magische Tor, welches das Jenseits vom Diesseits trennt. Denn normalerweise ist dies ja der Ort, an dem die frisch verstorbenen Seelen der Menschen von der weltlichen Seite her durch die Pforte begleitet werden. Kaum war ich hindurch geschlüpft, spürte ich sofort, wie die Dichte der Atmosphäre sich veränderte. Alles fühlte sich auf dieser Seite, also im sogenannten Diesseits, viel schwerfälliger an. Ich vermutete, dass das unter anderem auch etwas mit der enormen Erdanziehungskraft zu tun hatte. Was ich anschliessend erblickte, liess mich einmal mehr staunen wie ein kleines Kind an Weihnachten.

Doch zuerst muss ich dazu noch etwas anmerken. Obwohl sich die Umgebung, in der ich mich gerade aufhielt, geografisch betrachtet irgendwo im erdnahen Weltall befand, war diese Zwischendimension für menschliche Augen wegen der etwas höheren Schwingungsdichte natürlich unsichtbar. Nichtdestotrotz existierte diese vermeintlich unsichtbare Welt in ihrer eigenen Dimension auf höchst greifbare und wahrnehmbare Weise. Die Behausungen in dieser Gegend waren für die Bewohner ebenso real, wie es diejenigen einer beliebigen Grenzstadt auf der Erde für die dortigen Einheimischen sind. Eines dieser Gebäude besass eine ziemlich grosse, kunstvoll gestaltete Veranda. Dort sassen im Halbkreis ungefähr zwanzig hochkonzentrierte Geschöpfe, die beinahe menschlich aussahen. In der Mitte der Gruppe stand eine Lehrerin, die gerade über ein bestimmtes Thema referierte. Neugierig blieb ich am bunt verzierten Geländer der Veranda stehen und hörte der Dozentin gespannt zu.

«...es gibt zurzeit sehr viele wartende Seelen, die sich gerne auf der Erde inkarnieren möchten», sprach sie zu den aufmerksamen Schülern, wobei sie ihre eindringlichen Worte mit eleganten, fliessenden Gesten untermalte. «Denn wie ihr wisst, befindet sich die Welt momentan in einem derart gewaltigen Umbruch, wie es ihn noch nie zuvor gegeben hat. Aber ihr, die ihr jetzt noch hier in dieser Vorhalle zum irdischen Leben sitzt, seid die nächsten, die auf die grosse Weltenbühne dürft. Dies ist die letzte Schulung, anschliessend seid ihr gerüstet für euren Einsatz.»

Dann legte sie eine kurze Sprechpause ein, um einige Fragen zu beantworten. Anschliessend beendete die quirlige Lehrerin ihren Vortrag mit folgenden Worten.

«Es gibt laufend freie Plätze in den verschiedensten Familien, die es zu besetzen gilt. Das heisst, ihr werdet demnächst, einer nach dem anderen, von hier abkommandiert. Bildlich gesprochen werdet ihr euch wie Fallschirmspringer überall auf der Welt und in sämtlichen Kulturen verstreuen. Einige von euch werden während der beschwerlichen Erdenreise ihre wahre Mission wieder vergessen. Andere hingegen werden sich an all das Gute, Wahre und Schöne, das ihr hier in der Zwischendimension gelernt habt, erinnern. Dieses Wissen sollt ihr, ohne zu missionieren, verbreiten und den Menschen gleichzeitig im alltäglichen Leben als leuchtendes Vorbild dienen.»

Anschliessend ging die interdimensionale Lehrerin nochmals auf Fragen ein, aber ich hatte genug gehört. Schliesslich hatte ich ja meine eigene Mission zu erfüllen, wenn auch in umgekehrter Richtung.

Dennoch war ich zutiefst davon beeindruckt, persönlich miterleben zu dürfen, wie die zukünftigen Generationen von Erdenbewohnern in dieser Vorhalle des Lebens vorbereitet wurden. Und zwar auf ihre wichtige Rolle als Individuen mit ethisch und moralisch hochstehendem Bewusstsein. *Wenn jede einzelne Seele von nun an so gut geschult wird*, dachte ich erfreut, *dann kann die Zukunft der Erde eigentlich ja nur besser werden.* Na gut, viel schlechter konnte es sowieso nicht mehr werden, deshalb *musste* die kosmische Intelligenz ja irgendwie in das Geschehen eingreifen.

Danach setzte ich meine Erkundungstour fort, denn wenn ich schon mal so einen interessanten Ort zu Gesicht bekam, dann wollte ich mich auch ein wenig umschauen. Überall in diesem einzigartigen Dorf herrschte rege Betriebsamkeit.

Die dunkle Seite des Mondes

Plötzlich stand ich vor einem Haus, das mir irgendwie ziemlich bekannt vorkam. Während ich das Gebäude gedankenversunken anstarrte, berührte mich plötzlich jemand sanft an der Schulter.

«Na, Eloy, wie sind deine bisherigen Wanderungen in der Astralwelt verlaufen?», säuselte eine weibliche Stimme neckisch. «Sag bloss, du hast schon wieder Heimweh nach der Erde?»

Erschrocken zuckte ich zusammen, doch dann waren sämtliche Erinnerungen an diesen Ort auf einen Schlag wieder präsent.

«Pia?», stammelte ich verwundert.

Ja, es war tatsächlich Pia, die schmunzelnd neben mir stand. Sie hatte mich ja damals, nachdem ich gestorben war, in genau diesem Gebäude empfangen, vor dem wir nun beide herumstanden.

«Du erinnerst dich sicherlich noch an das astrale Erholungsheim, oder?», plauderte Pia gutgelaunt drauflos. «Hier, wo die frisch verstorbenen Erdenmenschen eintreffen, nachdem sie durch einen der unzähligen Lichttunnels gesaust sind. Es ist ja auch gar nicht mal so lange her, seit wir uns das letzte Mal gesehen haben.»

«Du hast recht», erwiderte ich ebenfalls schmunzelnd, «wenn ich es mir überlege, dann bin ich noch gar nicht so lange tot. Auch wenn ich dieses Wort mittlerweile natürlich ziemlich irreführend finde. Auf jeden Fall habe ich seit unserer letzten Begegnung so unglaublich viele Dinge gesehen und erlebt, dass es mir wie eine halbe Ewigkeit vorkommt. Aber eigentlich bin ich hier nur auf der Durchreise. Denn Mondblume hat mir wieder einmal ein paar kniffl ige Aufgaben gestellt, die es zu lösen gilt.»

«Ach, die gute Mondblume», lachte Pia überschwänglich, «sie ist ja schliesslich nicht umsonst bekannt dafür, dass sie kniffl ige Aufgaben über alles liebt.»

Doch dann wurde Pia plötzlich etwas ernsthafter: «Nun, mein lieber Eloy, kennst du ja beide Wege. Denjenigen von der Erde ins Jenseits – sowie den umgekehrten. Leider muss ich dich an dieser Stelle jedoch ausdrücklich warnen. Denn für alle Wesen, die sich auf den Weg zur Erde begeben, besteht eine grosse Gefahr. Das betrifft nicht nur vorübergehende Besucher wie dich. Sondern vor allem auch all jene unschuldigen Seelen, die sich hier auf ihre nächste Inkarnation, also auf ihre eigene Geburt, vorbereiten. Ich nehme an, du hast den Vorbereitungskurs, der da drüben auf der Veranda gerade stattfindet, bereits begutachtet.»

«Ja, das habe ich», antwortete ich etwas stutzig, «aber sag mal, um was für eine Gefahr handelt es sich denn genau?»

«Um Implantate», seufzte Pia, «zurzeit schwirren in den niederen Regionen der Astralebene überdurchschnittlich viele betrügerische Wesenheiten herum, die nichts Gutes im Schilde führen. Weil sie vom bevorstehenden Wandel mit der dazugehörigen Schwingungserhöhung erfahren haben, bäumen sich diese dunklen Wesen noch ein allerletztes Mal auf, bevor sie endgültig von der Erde vertrieben werden. Deshalb treiben sie sich hier herum und versuchen, den zukünftigen

Menschen auf dem Weg zur Erde negativ programmierte Implantate einzupflanzen. Das irdische Gegenstück dazu ist der sogenannte Mikrochip, den sich einige durch Gehirnwäsche manipulierte Menschen bereits jetzt schon freiwillig unter die Haut spritzen lassen. Wie du inzwischen selber weisst, liegt der Ursprung des Sichtbaren stets im Unsichtbaren. Die sichtbare Welt dient der unsichtbaren lediglich als Hülle.»

«Aber was wollen sie damit erreichen?», hakte ich wissbegierig nach. «Ich meine, man kann doch nicht die ganze Menschheit einfach so mit ein paar Implantaten manipulieren, oder?»

«Oh doch, das ist problemlos möglich», klärte mich Pia auf, «aber der göttliche Plan sieht für das neue Zeitalter der Erde anderes vor. Aus diesem Grund dürfen diejenigen, die auf der Seite des Guten stehen, jetzt zum ersten Mal aktiv eingreifen. Du hast bestimmt schon eine der vielen Armeen bemerkt, die überall unterwegs sind. Neuerdings patrouillieren sie sogar auf beiden Seiten der energetischen Schutzmauer, weil es immer mehr Schlupflöcher gibt.»

Nach diesen brisanten Informationen war meine eben noch optimistische Stimmung nun doch etwas gedämpft. Dass es auf der Erde sowie den erdnahen Bereichen von üblem Gesindel nur so wimmelt, war mir ja schon länger bekannt. Aber dass böse Geister solch perfide Methoden wie Implantate benutzen, um die Menschen sogar schon *vor* ihrer Ankunft auf der Erde in die Irre zu führen, war selbst für mich nur schwer zu fassen. Als ich von Pia wissen wollte, wie man sich gegen solche hinterlistigen Attacken denn am besten schützen konnte, bat sie mich, ihr zu folgen. Zielstrebig marschierte sie durch die Eingangstür, die in das astrale Erholungsheim führte. Kurz darauf befanden wir uns in derselben Halle, in welcher ich damals aufwachte, nachdem ich gestorben war.

«Es ist gefährlich, sich ohne vorbeugende Massnahmen in die erdnahen Regionen der unsichtbaren Welt hinaus zu begeben», erklärte Pia mit mahnend gehobenem Zeigefinger, «deshalb werde ich dich vorsichtshalber begleiten auf deiner ersten Erdenreise.»

«Das ist sehr freundlich von dir, Pia», entgegnete ich, «aber was genau meinst du mit der unsichtbaren Welt?»

«Damit meine ich die unkultivierten Ebenen der Astralwelt», fuhr sie fort, «das Reich der Täuschungen und Verwirrungen. Dort, wo sich alle dubiosen Wahrsager und Hellseher der Erde ihre vermeintlichen Wahrheiten herholen. Dasselbe gilt für Leute im Drogenrausch, die in ihrem verblendeten Zustand glauben, dass sie sich im Paradies befinden. Dabei sind all diese verirrten Seelen bloss auf der dunklen Seite des Mondes gelandet, wo jegliches universale Wissen bis zur Unkenntlichkeit verzerrt ist. Die psychiatrischen Kliniken auf der Erde sind überfüllt mit Personen, die zu schwach waren, um den Versuchungen der dunklen Kräfte zu widerstehen, welche dort beheimatet sind. In Wirklichkeit ist der Ursprung vieler Wahnvorstellungen meistens in dieser Welt der trüben Verschwommenheit zu finden. Denn dort geistern viele schädliche Wesen herum, die den Menschen feindselig gesinnt sind und ihre Freude daran haben, sie zu plagen. Komm mit, dann wirst du gleich mit eigenen Augen sehen, was ich meine.»

Neugierig trottete ich hinter Pia her, bis sie bei einem

bestimmten Lichtportal anhielt. In dieser riesigen Halle gab es Dutzende solcher Stationen, die man Lichtportale nannte. Dabei handelte es sich um kleine Kabinen, die mit durchsichtigen Röhren verbunden waren.

«Wie du bereits weisst, Eloy, führt jede einzelne Röhre an jeder Station in eine andere Welt», erwiderte Pia auf meinen fragenden Blick. «Wobei sich jede dieser Welten wiederum in einer anderen Dimension befindet. Wir beide machen uns jetzt auf den Weg zur Erde, der uns durch die verschiedenen Ebenen der niederen Astralwelt führen wird. Normalerweise ist es empfehlenswert, diese Bereiche so rasch wie möglich zu durchschreiten. Denn der Reisende ist dort jeweils heftigen Strömungen ausgeliefert, die seine psychische Umgebung durchziehen und ihn massiv beeinflussen können, wenn er nicht dagegen gewappnet ist. Aber weil wir uns auf einer Schulungsreise befinden, werden wir uns diese Region zu Lernzwecken ein wenig genauer anschauen.»

Nun war ich aber wirklich gespannt, was uns gleich alles erwarten würde. Aber schlimmer als in den Reichen der Hölle konnte es ja wohl kaum werden, dachte ich mir. Auf ein Handzeichen von Pia betraten wir gemeinsam die relativ enge Kabine des Erden-Lichtportals. Im Inneren herrschte zwar nur ein mildes Dämmerlicht, aber ich konnte dennoch erkennen, dass wir uns in einer Art hochmodernem Cockpit befanden. Pia schien sich hier bestens auszukennen, denn sie programmierte den Computer, ohne auch nur irgendetwas anzufassen.

«Diese Dinger funktionieren nur mit positiver Gedankenkraft», klärte sie mich auf, «damit sie von niemandem zu unerwünschten Zwecken missbraucht

werden können. Wenn also die Herzensenergie des Be-
dieners nicht rein genug ist, dann geht hier gar nichts.
Jetzt brauchen wir uns bloss noch in die Lichtröhre zu
setzen, und dann geht das Abenteuer los.»

Kurz darauf düsten Pia und ich gemeinsam durch
das tiefschwarze Weltall. Auf der linken Seite von uns
befand sich der Mond. In strahlendem Glanz, mystisch
und geheimnisvoll, thronte er hoch über der Erde, wo
er seelenruhig seiner vorgegebenen Umlaufbahn folgte.
Ein bisschen weiter unten konnte ich die wunderschöne Erde in ihrer ganzen Pracht bestaunen. Aus unserer
kosmischen Perspektive fühlte es sich so an, als bräuchte ich bloss beide Hände auszustrecken, um die gelbe
Kugel des Mondes mit der einen, und gleichzeitig den
blauen Planeten Erde mit der anderen Hand zu ergrei-
fen. Während ich wie elektrisiert diesen einzigartigen
Ausblick genoss, fuhr Pia mit ihren Erläuterungen fort.

«Wenn ein normaler Astronaut dieselbe Strecke von
der Erde zum Mond oder umgekehrt reist, dann nimmt
sein menschliches Auge unterwegs bloss das vermeintlich leblose Weltall mit all den leuchtenden Sternen
wahr. Aber für uns sieht die Sache natürlich ganz anders
aus, weil unser spirituelles Auge aktiviert ist. Konzent-
riere dich nun auf das schwarze Nichts, das uns umgibt.»

Obschon ich diese Bemerkung ein wenig seltsam
fand, versuchte ich, mich auf den tiefschwarzen Weltraum rund um uns herum zu konzentrieren. Nach einer
Weile kristallisierten sich tatsächlich schemenhafte Um-
risse von allerlei Gestalten heraus. Ausserdem nahm
ich plötzlich auch so etwas wie subtile Luftströmun-
gen wahr, die sich in Form von trüben Schichten übereinander lagerten, oder sich teilweise sogar gegenseitig

durchdrangen. Da wurde mir auf einmal bewusst, dass der scheinbar schwarze Weltraum zwischen Mond und Erde in Wahrheit alles andere als unbelebt war. Je mehr ich mein drittes Auge aus dem Tiefschlaf erweckte, desto klarer wurde der Radar meiner neu erworbenen Sicht.

«Wow, Pia», rief ich aufgeregt, «das ist ja der helle Wahnsinn. Jetzt weiss ich, was du vorhin gemeint hast. Die unsichtbare Welt wird plötzlich sichtbar, wenn man sich darauf einstellt.»

«Jetzt weisst du, wie es sich für Hellseher anfühlt», lachte Pia, «obwohl die Hellsichtigkeit eines Menschen natürlich immer von seinem geistigen Entwicklungsstand abhängig ist. Für ungeübte Menschen können solche Experimente jedoch sehr gefährlich sein. Denn wenn jemand aus den falschen Beweggründen in die Astralebene eindringt, lockt er unter Umständen unerwünschte Wesenheiten an, die seine Psyche schwer schädigen können. Schau, Eloy, da vorne haben wir gleich ein solches Beispiel.»

Pia und ich hielten mitten im Weltraum an, natürlich geschützt durch den unsichtbaren, durchsichtigen Lichttunnel. Dann sah ich direkt vor uns die Silhouette von einem verängstigten Menschen aufblitzen, der wie ein verirrter Spukgeist im All herumstolperte. Da an seinem Astralkörper jedoch ein silberner Faden befestigt war, der bis zur Erde hinunter reichte, wusste ich, dass dieser Geist auf der Erde noch einen materiellen Körper besass. Denn die Silberschnur, die den grobstofflichen mit dem feinstofflichen Leib verbindet, wird erst im Todesfall durchtrennt.

Plötzlich schossen aus dem schwarzen Nichts zwei grässliche Kreaturen hervor, die man wohl am ehesten als Monster bezeichnen konnte. Wie ausgehungerte Raubtiere stürzten sie sich auf den hilflos herumschwebenden Astralkörper des irdischen Besuchers. Und zwar in einer derartigen Intensität, dass das Opfer zuerst erschrocken zusammenzuckte, und anschliessend wie gelähmt in einer Art Todesstarre verharrte.

«Du bist gerade Zeuge, wie es sich für einen Menschen anfühlt, wenn er auf Drogen ist, und gleichzeitig unter massivem Alkoholeinfluss steht, während er dabei einen sogenannten Horrortrip erlebt», kommentierte Pia das Geschehen. «Dieser arme Kerl hat sich in seiner grenzenlosen Naivität und Unwissenheit geradewegs in diese chaotischen, erdnahen Sphären der Astralwelt katapultiert. Jetzt schauen wir uns dieses Szenario einmal aus der irdischen Perspektive an.»

Mit einer geschmeidigen Handbewegung berührte Pia die durchsichtige Schutzhülle der Lichtröhre, in der wir uns befanden. Augenblicklich erschien ein multidimensionaler Bildschirm, auf dem wir in Echtzeit mitverfolgen konnten, was mit diesem Menschen auf der Erde gleichzeitig gerade passierte. Wie in einem spannenden Film schauten wir uns also zu, was sich da unten gerade abspielte.

Dort lag ein junger Mann, ungefähr Mitte zwanzig, auf einer Sanitätsbahre, die zu einem Ambulanzwagen gehörte.

«Oha, das sieht aber gar nicht gut aus», sagte einer der anwesenden Sanitäter zum anderen. «Der Junge ist offensichtlich nicht nur mit allerlei Drogen vollgepumpt, sondern er hat sich dazu auch noch eine üble Alkoholvergiftung eingefangen.»

«Du hast völlig recht, Mike. Am besten pumpen wir

dem armen Kerl zuerst einmal gründlich den Magen aus. Mit etwas Glück kommt er hoffentlich wieder zu sich», erwiderte der andere Sanitäter.

Dann beobachtete ich von meinem geheimen Weltraum-Bildschirm aus, wie der geschundene und vergiftete Körper des bewusstlosen jungen Mannes von heftigen Zuckungen ergriffen und buchstäblich hin und her geschüttelt wurde. Von meiner Warte aus hatte ich nicht nur Zugriff auf seinen aktuellen Gefühlszustand, sondern auch auf seine gesamte Vergangenheit.

Ben, wie der junge Mann hiess, war auf einer Party in betrunkenem Zustand dummerweise an die falschen Leute geraten, die ihm irgendwelche teuflische Drogen verkauft hatten. Eigentlich war es die Absicht von Ben gewesen, sich mithilfe von Drogen und Alkohol in einen ekstatischen Zustand zu versetzen, um der harten Alltagsrealität seines sonst schon verpfuschten Lebens für ein paar Stunden zu entfliehen. Und nun lag er halbtot im Krankenwagen. Anstatt wie erhofft im Paradies, war Ben nun in der Hölle gelandet, wo er die Geister, die er durch sein unüberlegtes Verhalten eigenhändig gerufen hatte, nicht mehr los wurde. Darauf wechselte ich die Perspektive erneut und schaute auf seinen eigenen, verirrten Geist, der direkt vor Pia und mir herumschwebte.

Die beiden Monster, die eigentlich nichts anderes als seine eigenen inneren Dämonen darstellten, versuchten immer noch, ihn energetisch auszusaugen und sich seines Körpers zu bemächtigen. Da ich jedoch auch die Gedanken und Worte der astralen Monster telepathisch vernehmen konnte, hörte ich ihnen eine Weile lang zu.

«Wenn wir in seinen irdischen Körper schlüpfen wollen, müssen wir es jetzt tun, so lange die Hülle leer ist», knurrte die eine Kreatur. «Denn sobald sein Geist in den Körper zurückkehrt, ist das Haus wieder besetzt bis zum nächsten Absturz.»

«Also los, machen wir uns an die Arbeit», lachte der andere höhnisch.

Darauf klammerten sich die beiden bösartigen Teufel eilig an die Silberschnur und glitten in Gedankenschnelle auf die Erde hinunter.

Wiederum wechselte ich die Sichtweise und verfolgte auf dem Bildschirm mit, was sich gleichzeitig unten auf der Erde abspielte. Weil der irdische Körper von Ben in seinem komatösen Drogenrausch sozusagen unbewohnt war, ermöglichte dies den beiden Eindringlingen, ihn völlig unbemerkt neu zu besetzen. Denn solche Zustände sind wie eine offene Tür für unerwünschte Wesenheiten, um einem Menschen den Verstand zu rauben und sein Herz zu vergiften. Inzwischen hatten die beiden Sanitäter den Magen des Patienten vollständig ausgepumpt.

Doch als der herumschweifende Geist von Ben in seinen eigenen Körper zurückkehren wollte, war dieser bereits besetzt von den astralen Schmarotzern. Dann sah ich, wie Ben, der jetzt nicht mehr derselbe Ben wie vorher war, die Augen aufschlug. Etwas in ihm hatte sich grundlegend verändert. Der ehemals verträumte, ja geradezu unschuldig naive Glanz in seinen Augen war nun einem boshaften, hinterhältigen Blick gewichen. Die niederträchtigen Ungeheuer, die von seinem physischen Körper Besitz ergriffen hatten, würden sich nicht mehr so schnell vertreiben lassen. Zum Schluss dieser überaus dramatischen Geschichte wurde mir im Zeitraffer noch eine Vision von der Zukunft zuteil, die Ben höchstwahrscheinlich erwarten würde.

Die Ärzte werden bei ihm eine schwere Persönlichkeitsstörung diagnostizieren und ihn umgehend in eine psychiatrische Klinik einweisen. Kein Mensch wird jemals merken, dass Ben in Wirklichkeit von gleich zwei Dämonen besessen ist, die überall nur Unruhe stiften wollen. Weil der ehemals friedliebende junge Mann beziehungsweise seine Besetzer mit der Zeit immer gewalttätiger werden, sieht das Pflegepersonal nur eine Möglichkeit. Sie müssen den unberechenbaren und aggressiven Patienten jeden Tag mit allerlei Medikamenten vollpumpen, um ihn einigermassen ruhig zu stellen. Danach vegetiert der neue Ben noch jahrelang im Dämmerzustand vor sich hin. So lange, bis selbst die astralen Monster genug haben von diesem zerfallenen, unbrauchbaren Stück Materie, dem sie jegliche Lebenskraft ausgesaugt haben. Und der wahre Geist, dem dieser Körper einst gehörte, versucht verzweifelt, sich irgendwie bemerkbar zu machen. Aber niemand hört oder sieht ihn. Und das alles wäre zu vermeiden gewesen, wenn Ben sich nicht von den Drogen und dem Alkohol hätte verführen lassen.

Nachdem die ganze Szene verblasst war, seufzte ich schwer. Obwohl ich mit dem armen Kerl irgendwie Mitleid hatte, war es mir natürlich nicht erlaubt, in seinen Seelenplan einzugreifen. Pia strich mir aufmunternd über den Rücken.

«Tja, Eloy, so ist das nun mal. Aber immerhin konntest du jetzt einmal live aus einer multidimensionalen Perspektive miterleben, wie sich die sichtbare und die unsichtbare Welt gegenseitig beeinflussen.»

«Ja, und falls ich wieder einmal auf der Erde als

Mensch aus Fleisch und Blut leben sollte», entgegnete ich entschlossen, «dann werde ich mit Sicherheit alles dafür tun, um ein reines Leben mit edlen Absichten zu führen. Denn wie ich inzwischen gelernt habe, sind Menschen mit einer ehrenwerten Gesinnung automatisch geschützt vor solch schändlichen Attacken. Böse Geister finden in einem makellosen Umfeld keine Nahrung, sondern nur lichtvolle Wesenheiten aus den himmlischen Regionen.»

«Bravo, das hast du sehr gut erkannt, mein lieber Eloy», lobte mich Pia. «Wie ich sehe, hast du diese Lektion bereits verinnerlicht. Wenn du weiterhin solche Fortschritte machst, wirst auch du diese himmlischen Regionen schon sehr bald kennenlernen. Aber zunächst steht dir noch eine karmisch bedingte Aufgabe bevor, die du auf der Erde erledigen musst.»

Das kosmische Traumtheater

Nach diesem lehrreichen Erlebnis sausten Pia und ich weiter in der energetisch geschützten Lichtröhre, welche die Dimensionen der jenseitigen Astralwelt mit der dreidimensionalen Ebene der Erde verbindet. Unterwegs gab es dermassen viele Dinge zu sehen, dass ich aus dem Staunen gar nicht mehr herauskam. Inzwischen war mein spirituelles Auge fast vollständig geöffnet, so dass ich alle verschiedenen Schichten im Weltall mitsamt ihren Bewohnern wahrnehmen konnte. Der Vergleich mit einer beliebigen Stadt auf der Erde ist gar nicht mal so abwegig, da auch im erdnahen Weltraum eine bunt durchmischte Bevölkerung existiert. Genauso wie auf der Erde die gesamte Palette vom grössten Verbrecher bis zum erleuchteten Heiligen vorhanden ist, kann man auch die untere Astral- beziehungsweise Mental-Ebene als Sammelbecken für Lebewesen der unterschiedlichsten Entwicklungsstufen bezeichnen.

Mit der parasitären Fraktion hatte ich mittlerweile ja bereits Bekanntschaft gemacht. Deshalb wollte ich von Pia gerne wissen, ob sie mir auch ein Beispiel für positive Inspirationen zeigen konnte.

«Oh, selbstverständlich gibt es trotz all den menschenfeindlichen Störenfrieden auch überaus positive Kräfte, die hier schalten und walten», antwortete Pia voller Enthusiasmus. «Hast du zum Beispiel schon mal vom kosmischen Traumtheater gehört?»

«Äh, nein, tut mir leid», zuckte ich ahnungslos mit den Schultern.

«Na schön, dann machen wir doch eine kleine Extrarunde, damit du das auch mal gesehen hast», schnippte die gewiefte Reiseleiterin lässig mit den Fingern. Mit purer Willenskraft leitete sie den Verlauf unseres Weges so um, dass wir – anstatt auf direktem Weg zur Erde – noch einen kurzen Abstecher in dieses mir unbekannte Traumtheater machten.

«Jede Nacht, wenn der Mensch einschläft, verlässt seine Seele den physischen Körper», erklärte Pia geduldig. «Wie du inzwischen ja weisst, bleibt die Seele durch die Silberschnur weiterhin mit dem schlafenden Körper verbunden. Die meisten Leute wissen jedoch nicht einmal, dass es von äusserster Wichtigkeit ist, nicht in einer unbewussten oder gar negativen inneren Verfassung einzuschlafen.»

«Wie meinst du das?», hakte ich nach. «Ist denn der Körper nicht automatisch ausser Betrieb, wenn er schläft?»

«Doch, der Körper schon, Eloy», fuhr Pia fort, «aber der Geist natürlich nicht, denn dieser benötigt keinen Schlaf. Während sich also der Körper im Bett regeneriert, verarbeitet der Geist unzählige Eindrücke des alltäglichen Lebens. Gleichzeitig geht die Seele auf nächtliche Wanderschaft im Universum. Wenn jemand kurz vor dem Einschlafen zum Beispiel Probleme wälzt, streitet oder sich mit irgendwelchen Rauschgiften benebelt, kann es sein, dass diese Person unbewusst unreine Geister heranlockt. Diese möchten sich, wie wir vorhin bei Ben gesehen haben, des menschlichen Körpers bemächtigen, um ihm seine Lebensenergie abzuzapfen. Das können die astralen Energievampire allerdings nur dann bewerkstelligen, wenn der menschliche

Körper bereits mit irgendeiner Art von Disharmonie in Resonanz ist. Schläft ein Mensch jedoch mit einer positiven oder zumindest neutralen Grundhaltung ein, zieht er automatisch lichtvolle Wesenheiten an, die seine leere Körperhülle während dem Schlaf bewachen.»

«Hm, das ist ja wirklich höchst interessant», meinte ich beeindruckt, «darüber habe ich mir ehrlich gesagt noch gar nie Gedanken gemacht. Dafür wird mir jetzt immer klarer, dass ich im Prinzip die meiste Zeit meines Lebens im geistigen Tiefschlaf verbracht habe. Verschwendet mit dem sinnlosen Kampf um gesellschaftliche Anerkennung, weltlichen Erfolg sowie sonstigem oberflächlichen Schnickschnack – und all das hat nach dem Tod überhaupt keine Bedeutung mehr. Wenn die Menschen doch nur endlich begreifen würden, dass einzig und allein die seelische Entwicklung wichtig ist, dann könnten sie nicht nur sich selber, sondern auch den anderen viel Leid ersparen.»

«So ist es, Eloy», seufzte Pia, «wobei jeder Mensch eigentlich jederzeit Zugang zu diesem Wissen hätte. Denn es ist bei jedem einzelnen Individuum tief im Herzen eingeprägt. Man müsste sich halt nur die Mühe machen, mehr über die wichtigen Dinge im Leben nachzudenken, anstatt bloss immer seine primitiven Begierden und Leidenschaften befriedigen zu wollen. Abgesehen davon gäbe es ja auch noch die Möglichkeit, während der Nacht eine Schulung im kosmischen Traumtheater zu erhalten. Man bräuchte nur darum zu bitten vor dem Einschlafen. Ah, da sind wir ja schon. Siehst du den leuchtenden Punkt da vorne?»

Gespannt hielt ich Ausschau nach diesem Mysterium, zunächst konnte ich aber lediglich ein strahlend weisses Licht erkennen, das irgendwo im dunklen Weltraum zwischen Mond und Erde aufleuchtete. Je näher wir uns jedoch auf diesen Leuchtpunkt zubewegten, desto mehr geriet ich ins Staunen. Mein Herz pochte wie wild vor Aufregung, denn so etwas Prachtvolles hatte ich noch nie zuvor gesehen. Auf einmal erschien mitten im All, für menschliche Augen unsichtbar, ein ätherisches Tor aus purem Gold. Eine weisse Treppe, gesäumt von den herrlichsten Blumen, führte direkt zu diesem majestätischen Tor. Dabei handelte es sich um die magische Eingangspforte vom sagenumwobenen kosmischen Traumtheater. Am Fusse der Treppe standen zwei strahlende Engelwesen, die uns telepathisch dazu einluden, diese Treppe zu beschreiten. Erst jetzt nahm ich auch den unbeschreiblich gigantischen Palast aus weissem Marmor im Hintergrund vollständig wahr. Denn die geheimnisvollen Nebelschwaden, die diesen zauberhaften Ort zum Schutz umhüllten, lichteten sich bei unserer Ankunft ganz von selbst. Es schien fast so, als hätte ihnen jemand den Befehl dazu erteilt.

Ich war dermassen überwältigt von diesem Anblick, dass mir der Atem stockte. Ergriffen vor Demut kuschelte ich mich an Pia, während ein wohliger Schauer mein ganzes Wesen durchströmte.

«Wow», stammelte ich entzückt, «das ist mit Abstand das wunderschönste Gebäude, das ich jemals gesehen habe. Ein absolutes Wunder ... ein Traum.»

«Tja, lieber Eloy, vermutlich hat man diesem Wunderwerk genau deshalb den passenden Namen *Traumtheater* verpasst», lächelte Pia sanft, während sie liebevoll meine Hand drückte. «Aber du hast natürlich völlig recht. Dieser Ort hier ist tatsächlich eines der wundervollsten Begegnungszentren in diesem Universum.»

«In *diesem* Universum?»

«Ganz genau, aber mit den anderen Universen musst du dich momentan noch nicht auseinandersetzen. Nur Geduld, eins nach dem anderen, mein wissbegieriger Freund.»

Anschliessend verliessen Pia und ich unseren geschützten Lichttunnel und begaben uns die glänzenden Stufen hinauf, bis wir schliesslich vor der märchenhaften Eingangspforte standen. Sogleich kam ein älterer Herr auf uns zu, der mich irgendwie an einen Philosophen aus dem antiken Griechenland erinnerte. Sein langes, schneeweisses Haar reichte ihm bis über die Schultern. In Kombination mit dem gepflegten Bart sowie den buschigen Augenbrauen konnte man zwar nicht mehr allzu viel von seinem Gesicht erkennen. Aber nur schon der aussergewöhnlich aufgeweckte Blick in den blaugrün leuchtenden Augen des Mannes zeugten von einem hellwachen, klugen Geist.

«Na, sieh mal einer an», lachte er fröhlich, «wenn das nicht Pia, die gute Fee vom astralen Erholungsheim ist. Es freut mich ausserordentlich, dich wieder einmal bei uns begrüssen zu dürfen. Oh … du hast sogar noch einen Gast mitgebracht?»

«Hallo, mein lieber Nautilus», rief Pia ebenso erfreut, während sie den alten, und dennoch jugendlich wirkenden Mann herzlich umarmte. «Darf ich vorstellen? Das ist Eloy, der vor Kurzem die irdische Welt verlassen hat. Jetzt ist er gerade dabei, die verschiedenen jenseitigen Welten zu erkunden. Da habe ich mir gedacht, dass ich ihm unterwegs noch schnell das fantastische Traumtheater zeigen könnte, wenn wir schon in der Gegend sind.»

«Das ist eine brillante Idee, liebste Pia», antwortete der Weise, während er mit beiden Händen sein purpurfarbenes Gewand zurechtrückte. Danach wandte er sich an mich.

«Herzlich willkommen im Herzen der Träume, Eloy», kicherte er wie ein verspielter Junge. «Wie du eben vernommen hast, heisse ich Nautilus. Ich bin der Leiter von diesem komplett verrückten Irrenhaus hier. Pardon, ich meine natürlich Zauberland. Aber komm doch herein und siehe selbst, wie es hier zu und her geht.»

Gespannt und voller Vorfreude folgte ich dem äusserst sympathischen und vor allem humorvollen Nautilus, der gutgelaunt irgendeine pfiffige Melodie vor sich hin trällerte. Während wir zu dritt die – im wahrsten Sinne des Wortes – traumhafte Empfangshalle durchquerten, gab mir Nautilus freundlicherweise ein paar generelle Informationen zu diesem einzigartigen Ort im Universum.

«In diesem Nest hausen allerlei schräge Vögel, inklusive mich selber», legte der quirlige Meister los. «Aber im Ernst, man kann sich diese interdimensionale Begegnungsstätte vielleicht am besten als riesige Universität vorstellen. Einfach mit dem Unterschied, dass hier die unterschiedlichsten Lebewesen aus dem gesamten Universum studieren. Und dazu gehören eben auch die Seelen der Menschen, wenn diese nachts tief und fest schlafen. Leider wissen immer noch viel zu wenig Erdenmenschen, dass sie den Schlaf zu Lernzwecken benützen können.»

«Darüber hat mich Pia bereits vorher flüchtig

informiert», erwiderte ich, «aber etwas habe ich immer noch nicht ganz verstanden, Nautilus.»

«Ja? Was denn?»

«Angenommen, ein Mensch schläft mit der Absicht ein, in einer anderen Welt, also zum Beispiel hier im Traumtheater zu studieren und zu lernen. Was nützt ihm denn das beste Studium, wenn er sich am nächsten Morgen nicht mehr daran erinnern kann?»

«Das ist eine gute und wichtige Frage, die mir immer wieder gestellt wird. In unserem internen Traumlabor haben wir auch schon diverse Forschungen zu diesem Thema angestellt. Aber um es kurz zu machen: Vielleicht erinnert sich der Mensch nach dem Aufwachen nicht mehr bewusst an das im Traum Gesehene oder Gelernte. Dennoch wird die Essenz davon in seinem Unterbewusstsein eingeprägt bleiben. Und eines Tages, wenn die Zeit reif dafür ist, werden die im Schlaf übermittelten Wahrheiten ihre Wirkung im normalen Tagesbewusstsein entfalten. Das kann man zum Beispiel daran erkennen, wenn man am Morgen aufwacht mit der unerklärlichen Empfindung, sich mit etwas Schönem, Lichtvollen, Erhabenen beschäftigen zu wollen. Mit anderen Worten, die meist banale oder gar bedrückende Alltagsrealität erhält auf einmal einen neuen, überirdisch glänzenden Anstrich. Verstehst du?»

«Ja, schon», entgegnete ich immer noch ein wenig skeptisch, «aber ist das denn nicht bloss eine Art traumhafte Illusion? Ich meine, wenn zum Beispiel jemand Drogen nimmt, wird seinem Geist ja auch bloss vorgegaukelt, dass er sich plötzlich im siebten Himmel befindet. Aber in Wahrheit ist er auf dem besten Weg in seine ganz persönliche Hölle.»

«Du bist wirklich ein sehr scharfsinniger Denker, Eloy», lobte mich Nautilus, «und das ist auch gut so. Dennoch darfst du nie vergessen, dass im Leben generell alles nur Schein, Täuschung und Illusion ist. Genauso wie in einem Film oder einem gut inszenierten Theaterstück. Selbst unser kosmisches Traumtheater hier ist schlussendlich nur ein Teil dieser unermesslich gigantischen Showbühne, genannt Leben. Deshalb frage ich dich: Wenn es also möglich ist, einen Traum als Realität zu betrachten, warum könnte man dann nicht umgekehrt die Realität als einen Traum hinnehmen? Wie viele Philosophen und Dichter haben schon gesagt, das Leben sei nichts weiter als ein Traum. Die Realität – egal ob Traum oder Alltag – ist also immer trügerisch. Nur die eingeweihten Menschen sowie die hohen Lichtwesen wissen über die Tragweite dieser göttlichen Komödie Bescheid. Das Leben der gewöhnlichen Menschen hingegen gleicht eher einem langen Schlaf, aus dem sie zwischendurch mal kurz aufwachen, nur um dann gleich wieder weiterzudösen.»

«Hm, das scheint mir ja eine ziemlich komplexe Angelegenheit zu sein», gab ich offen zu. «Aber die meisten Menschen empfinden ihr Leben vermutlich eher weniger als göttliche Komödie, sondern eher als knallharten Überlebenskampf, als unerbittliches Drama.»

«Das stimmt natürlich schon, Eloy», meinte Nautilus abschliessend. «Währenddem sich die Menschen mitten im Film, also in ihrem eigenen Leben befinden, erscheint ihnen vieles trostlos und ungerecht. Sie identifizieren sich so stark mit ihrer Rolle als Mensch, dass sie praktisch gar nichts objektiv beurteilen können. Sie nehmen lediglich einzelne Mosaikstücke wahr, das gesamte Bild erkennen sie jedoch erst viel später. Auch du musstest zuerst durch die Pforte des Todes gehen, um Abstand zu deinem eigenen Leben zu gewinnen. Jetzt bist du wahrscheinlich dankbar für all die gesammelten Erfahrungen auf der Erde, negative wie positive. Und über einige Dinge, die dir widerfahren sind, kannst du im Nachhinein vielleicht sogar lachen.»

«Ja, da muss ich dir allerdings recht geben, Nautilus», klopfte ich ihm in einem Anflug von plötzlichem Übermut auf die Schultern. «Jetzt sehe ich viele Begebenheiten aus meinem vergangenen Erdenleben tatsächlich aus einem völlig anderen Blickwinkel. Und wie du eben erwähnt hast, waren auch bei mir die schwierigen Zeiten die besten Lehrmeister. Wenn alles immer rund läuft, wird man schnell faul und bequem, wie ich aus eigener Erfahrung weiss. Vermutlich benötigen wir alle hin und wieder einen kleinen Stupser vom Schicksal, damit wir gezwungen werden, uns aus der liebgewonnenen Komfortzone zu bewegen.»

Nach diesem aufschlussreichen Gespräch meldete sich schliesslich Pia zu Wort.

«Okay, Jungs, genug gequatscht», zog sie uns auf. «Sollen wir uns nun auf einen kleinen Rundgang durch das Traumtheater begeben? Oder wollt ihr hier Wurzeln schlagen?»

«Am liebsten beides», entgegnete ich schlagfertig, «denn was mich anbelangt, fühle ich mich hier pudelwohl.»

«Das ist nicht verwunderlich, schliesslich war deine Seele schon unzählige Male hier, während dein Körper friedlich zu Hause im Bett lag», vertraute mir Nautilus beiläufig an.

«Aber …», brannte mir eine erneute Frage auf der Zunge.

Doch Pia und Nautilus waren bereits unterwegs in den inneren Bereich des weissen Palastes. Da wurde mir bewusst, dass es manchmal vielleicht sogar besser ist, nicht immer alles zu wissen. Aus irgendeinem Grund hatte es die göttliche Intelligenz schliesslich so eingerichtet, dass es zwischen den verschiedenen Dimensionen bestimmte Schutzvorrichtungen gab.

«Ach, was soll's», sagte ich gedankenverloren zu mir selber, während ich den beiden durch einen dezent beleuchteten Korridor folgte, der in den nächsten Raum führte. Wobei der Begriff *Raum* wohl eher unzutreffend ist, denn in Wirklichkeit handelte es sich um eine riesige, kuppelförmige Halle. Darin befanden sich Hunderte von Gestalten, die alle ziemlich beschäftigt zu sein schienen. Auf den ersten Blick sah es so aus, als würde hier gerade ein Workshop mit verschiedenen Stationen stattfinden, an denen es jeweils eine Aufgabe zu bewältigen gab. Als ich all diese vielfältigen Geschöpfe etwas näher betrachtete, fiel mir natürlich sofort auf, dass es sich hier um eine kunterbunte Mischung aus allerlei fremdartigen Lebewesen handelte. Viele von ihnen waren offensichtlich ganz normale Menschen, andere konnte man wohl eher unter der Rubrik *kuriose Fabelwesen aus den entlegensten Ecken des Universums* einordnen. Aber im Gegensatz zu den entstellten Kreaturen, die ich in der Hölle gesehen hatte, machten diese Figuren hier ausnahmslos alle einen positiven, sympathischen Eindruck.

Nautilus beobachtete mein kindliches Staunen mit Wohlwollen, dann legte er väterlich seinen Arm um meine Schultern.

«Es ist natürlich vollkommen klar, dass dir das, was du hier siehst, auf den ersten Blick sehr seltsam erscheinen mag», sprach er ruhig. «Dennoch geschieht hier nichts zufällig. Dieses kosmische Traumtheater funktioniert nach einem ausgeklügelten, präzisen System, dessen Mechanismus man als Neuling nur schwer begreifen kann. Aus menschlicher Perspektive könnte man es vielleicht am ehesten so ausdrücken: An diesem magischen Ort verschmelzen nicht nur Traum und Wirklichkeit, sondern auch verschiedene Kulturen, Religionen und Dimensionen zu einer harmonischen Einheit. Das Ganze könnte man als eine Art Lernprogramm bezeichnen, und zwar für alle interessierten Bewohner des gesamten Universums. In Wahrheit gehören wir alle derselben kosmischen Familie an, auch wenn auf der Erde zum Beispiel Ausserirdische oder sonstige Fantasiewesen eher ins Reich der Märchen gehören. Aber du siehst ja gerade mit eigenen Augen, dass das hier ganz offensichtlich kein Hirngespinst ist. Nein, all die verschiedenen Welten existieren tatsächlich nebeneinander und jede von ihnen ist auf ihre Weise höchst real.»

«Ich sehe zwar, dass diese Lebewesen hier alle real sind», wandte ich ein, «aber dennoch wirken sie eher ein bisschen geisterhaft auf mich.»

«Das, lieber Eloy, liegt daran, dass es sich hierbei nur um die Traumkörper handelt. In Wirklichkeit befindet sich jedes einzelne Individuum, welches du hier siehst, gleichzeitig zu Hause in ihren jeweiligen Welten. Dort schlafen ihre physischen Körper, während ihre Seelen sich Nacht für Nacht hier treffen, um gemeinsam etwas zu lernen. Je nachdem, zu welchem Thema man etwas erfahren möchte, werden hier andauernd neue

Schulungsgruppen gebildet. Es herrscht ein ständiges Kommen und Gehen. Denn sobald ein Mensch auf der irdischen Ebene aufwacht, wird sein Traumkörper im Bruchteil einer Sekunde zu seinem materiellen Körper zurückgezogen. Aber die meisten tauchen in der folgenden Nacht sowieso wieder hier auf. Deshalb kann es zum Beispiel ab und zu auch vorkommen, dass jemand mitten im Alltag eine fremde Person trifft, die ihm auf unerklärliche Weise so vertraut vorkommt. Aber wer würde schon auf die verrückte Idee kommen, dass man sich aus einem nächtlichen Traum kennt?»

«Tja, Traum oder nicht Traum, das ist hier die Frage», meinte Pia schmunzelnd.

Ich jedoch war derart überwältigt von diesen Informationen, dass ich gar nicht wusste, was ich dazu sagen sollte. Um darüber grossartig nachzudenken, blieb jedoch sowieso keine Zeit. Denn im selben Moment kam eine grossgewachsene Frau auf uns zu, die zwar menschliche Züge hatte, aber auf sehr hübsche Art trotzdem eher *ausserirdisch* aussah. Nur schon ihre reine, würdevolle und edle Ausstrahlung lag meilenweit über derjenigen eines gewöhnlichen Durchschnittsmenschen. Ihre langen Haare waren ebenso blau wie ihre strahlenden Augen, doch die Hautfarbe schimmerte in einem matten, silbernen Farbton.

«Hallo, Luella», begrüsste Nautilus das elegante Zauberwesen mit einer charmanten Handbewegung. «Das hier ist Eloy von der Erde. Die ehrenwerte Pia kennst du ja bereits.»

Luella streckte mir lächelnd beide Handflächen entgegen, ohne mich jedoch zu berühren. Da ich mit dieser Art von Begrüssung nicht vertraut war, tat ich einfach dasselbe. So hielten wir also kurz unsere Handflächen gegeneinander, mit einem Abstand von ungefähr zwei Zentimetern.

«Dieses Begrüssungsritual nennt man hier schlicht und einfach Energieaustausch», erklärte Luella mit ihrer wohlig warmen Stimme. «Das bedeutet, dass man sich dabei gegenseitig positive Energie schickt. Auf der Erde läuft das in der Regel ja leider meistens genau andersherum ab. Die Menschen umarmen oder küssen sich zwar, oder sie schütteln sich formell die Hände. Aber auf energetischer Ebene findet bei all diesen Gesten meistens leider nur eine Übertragung von unreinen Schwingungen statt.»

«Da hast du vollkommen recht, Luella», seufzte ich leicht beschämt. «Im besten Fall schüttelt man sich, innerlich völlig teilnahmslos und rein mechanisch, die Hände, während man sich quasi dazu zwingt, gegen aussen ein künstliches Lächeln aufzusetzen. Auf dem Planeten Erde ist halt alles irgendwie nur Fassade, von der Geburt bis zum Tod. Traurig, aber wahr.»

Nachdem ich wieder etwas Neues dazugelernt hatte, ergriff Pia schliesslich das Wort.

«Weisst du, Eloy, die bezaubernde Luella ist schon seit Langem eine gute Freundin von mir», hauchte sie mit neckischem Unterton. «Wenn wir ganz lieb zu ihr sind, dürfen wir nach der Pause vielleicht an der Schulung teilnehmen, die sie gerade leitet.»

«Wie meinst du das?», platzte es aus mir heraus. «Ist Luella in diesem Verein etwa als Lehrerin angestellt?»

«Bingo», mischte sich Luella lachend ein, «irgendjemand muss all diese Träumer hier ja unterrichten. Und wer hat schon so einen coolen Arbeitsplatz wie ich? Ich arbeite sozusagen im Land der Träume.»

«Das heisst, du bist also so etwas wie Luella im Wunderland?», bemerkte ich spasshaft. «Und wer weiss, vielleicht wurde der Autor von *Alice im Wunderland* ja auch hier im Traumtheater zu seiner weltberühmten Geschichte inspiriert, während einer nächtlichen Seelenreise?»

«Hmmh, das könnte durchaus sein», antwortete Luella mit geheimnisvollem Blick. «Aber wie dem auch sei. Kommt doch mit zu meinem nächsten Kurs in Wundern. Es geht sowieso gleich weiter.»

Pia, Nautilus und ich nahmen diese herzliche Einladung natürlich dankend an.

Darauf führte uns Luella in ein ruhiges Abteil der Halle, das von jeglichem Lärm abgeschirmt war. Dort gab es fünfzehn bequeme Liegesessel, die fein säuberlich in einem Halbkreis platziert waren. Jeder einzelne dieser Sessel war mit modernster Technologie ausgerüstet, wovon ich natürlich nichts verstand, da dieses Wissen auf der Erde zurzeit noch nicht bekannt war.

«Ach, das sind bloss die üblichen Messgeräte», antwortete Luella auf meinen fragenden Blick, «damit wir, die Lehrer, bei jedem Teilnehmer bei Bedarf helfend eingreifen können.»

«Du meinst also, dass ihr von hier die Träume der Menschen beeinflussen könnt?»

«Ja, aber natürlich respektieren wir dabei immer den freien Willen aller Geschöpfe. Ausserdem arbeiten wir mit sehr feinen Methoden, sozusagen mit der Gedankenenergie und den seelischen Schwingungen der Träumenden. In Zukunft werden die Menschen vermehrt luzid, also bewusst träumen. Das heisst, sie können sich nach dem Aufwachen an das jeweils Gelernte erinnern und grossen Nutzen daraus ziehen. Verstehst du, Eloy?»

«Äh, ehrlich gesagt, nicht so ganz», gab ich offen zu.

«Macht nichts», erwiderte Luella aufmunternd, «dann werden wir uns am besten einmal anschauen, wie das in der Praxis funktioniert. Bitte nehmt doch Platz, heute besteht unsere Gruppe sowieso nur aus acht Personen.»

Bevor ich mich hinsetzte, liess ich meinen Blick kurz in die illustre Runde schweifen. Da sassen, beziehungsweise lagen tatsächlich bereits acht Gestalten auf den dunkelroten Liegebetten. Mindestens fünf von ihnen sahen aus wie ganz normale Erdenmenschen. Die restlichen drei konnte ich im angenehm gedämpften Licht nicht wirklich identifizieren. Jedenfalls blinkten rund um ihre Traumkörper diverse bunt leuchtende Punkte sowie tiefblaue Laserstrahlen.

«Mithilfe dieser magnetischen Strahlen können wir die Frequenz des Bewusstseins messen», erklärte Luella, während sie sämtliche Funktionen unserer drei Sessel aktivierte. «Ich werde uns nun alle in die Schwingungsfrequenz von diesem Mann da drüben einklinken. Dann können wir erfahren und mitfühlen, was ihn in seinem Leben gerade beschäftigt.»

Nachdem Pia, Nautilus und ich uns ebenfalls hingelegt hatten und die Zaubersessel entsprechend programmiert waren, ging Luella zu ihrer eigenen kleinen Kommandozentrale, die sich vorne in der Mitte des Halbkreises befand.

Dann schloss ich meine Augen und atmete ein paar Mal tief durch, um mich willentlich in einen entspannten Gemütszustand zu versetzen. Langsam, aber sicher spürte ich, wie mein eigenes Bewusstsein immer mehr mit demjenigen eines mir fremden Wesens verschmolz. Mir war jedoch sofort klar, dass es sich dabei um Ken handelte. Das war der Mann, der zwei Sitze neben mir lag. Luella hatte uns im Vorfeld ja bereits darüber informiert, dass wir nun gleich in seine ganz persönliche Welt eintauchen würden. Meine eigenen Gedanken und Gefühle wurden auf angenehm sanfte Weise in einen Strudel gesogen, während sich meine geistigen Fähigkeiten plötzlich um ein Vielfaches erweiterten. Es fühlte sich ein wenig so an, als ob jemand ein inneres Seelenfenster in mir geöffnet hätte, von dessen Existenz ich bis jetzt noch gar nichts gewusst hatte. Bei dieser überwältigenden Erfahrung bekam das Wort *Empathie* plötzlich eine ganz neue Bedeutung.

Auf jeden Fall sah ich die Welt nun auf einmal durch die Augen von Ken. Er war Amerikaner, und sein richtiger Körper lag zu diesem Zeitpunkt friedlich schlafend in seinem Bett, während er all dies träumte. Es tönt zwar absolut verrückt, aber Luella, Pia, Nautilus und ich befanden uns jetzt mitten in seinem Traum. Ken träumte, dass er sich gerade, so wie jeden Tag, an seinem ungeliebten Arbeitsplatz abquälte. Bei diesem Ort handelte es sich um ein typisch amerikanisches Grossraumbüro: einerseits klinisch und steril, andererseits erfüllt von einer hektischen und zugleich trostlosen Atmosphäre. Die derzeitigen Sorgen von Ken drehten sich ganz offensichtlich um die üblichen Alltagsthemen wie Armut, Reichtum und Existenzängste. Denn der Druck in der Firma, in welcher er arbeitete, war derart enorm, dass ihm die berufliche Unzufriedenheit wortwörtlich auf den Magen schlug.

Aufgrund seiner latent depressiven Gemütsverfassung zog sich die Seele von Ken immer mehr aus seinem Körper zurück, weil sie dieses armselige Leben schlichtweg nicht mehr länger ertragen konnte. In seinem Unterbewusstsein wusste Ken jedoch, dass er unweigerlich sterben würde, wenn sich die Seelenenergie eines Tages vollständig vom Körper lösen würde. Deshalb bat der arme Kerl jeden Abend vor dem Einschlafen aus tiefstem Herzen darum, dass ihm irgendeine höhere Macht helfen möge. Und genau diese inbrünstigen Gebete waren es, die seine Seele Nacht für Nacht in das kosmische Traumtheater führten. In diesen nächtlichen Selbsthilfegruppen, die von Luella unterrichtet wurden, wurde ihm und vielen anderen Hilfesuchenden tatsächlich geholfen. Nun war es also wieder einmal soweit. Ken wusste natürlich noch nicht, dass er bei der heutigen Lektion sogar noch zusätzliche Unterstützung von drei Besuchern erhalten würde; nämlich von Pia, Nautilus und mir.

Für mich war es ebenfalls eine Premiere, da ich bisher noch nie bewusst in einem fremden Traum mitgespielt hatte. Meistens tun wir Menschen das ja komplett unbewusst, das heisst, wir können uns im Nachhinein nicht mehr an solche Träume erinnern. Während sich Ken in seinem Traum also gerade im Büro befand und von seinem Vorgesetzten wieder einmal ordentlich in die Mangel genommen wurde, trat ich, gemäss Anweisung von Luella, auf den Plan.

«Hören Sie gut zu, Ken», brüllte ihn der jähzornige Chef verächtlich an, «wir beide wissen, dass es ganz allein ihre Schuld ist, dass sie unseren wichtigsten Kunden vergrault haben. Nur weil sie, wie üblich, nicht professionell genug verhandelt haben, ist unserer Firma ein Millionengeschäft durch die Lappen gegangen. Wissen sie überhaupt, was das für Konsequenzen nach sich zieht?»

«Ich ... ja ... also ... äh ...», stammelte Ken, den Tränen nahe.

Gleichzeitig nahm ich wahr, wie sein physischer Körper im Bett schweissgebadet hin und her rollte. Jetzt kam mein grosser Auftritt im Traumtheater. Wie ein unsichtbarer Engel stand ich neben dem Traum-Selbst von Ken, von wo aus ich ihn mit kräftigender, positiver Energie auftanken durfte. Dann flüsterte ich ihm telepathisch die Worte zu, die mir Luella eingab, und die natürlich genau auf seinen individuellen Charakter zugeschnitten waren. Ohne zu wissen weshalb, sprach Ken genau diese Worte aus.

Mit plötzlich veränderter, würdevoller Haltung sagte er laut und deutlich zu seinem Chef: «Ja, ich weiss sehr genau, was das für Konsequenzen hat. Ich bin ja schliesslich nicht blöd.»

Der Vorgesetzte schreckte kurz zurück, da er es nicht gewohnt war, dass ihm jemand – und schon gar nicht Ken – auf Augenhöhe begegnete.

«Wie bitte?», knurrte er gehässig. «Was wollen sie damit sagen?»

Wiederum liess ich Ken heimlich die Energiefrequenz von Mut und Kraft zufliessen, so dass er mit jeder Sekunde selbstbewusster wurde. Dann schlug er plötzlich mit der Faust auf den Tisch, erhob sich von seinem Bürostuhl, und starrte dem skrupellosen Manager mit festem Blick direkt in die Augen.

«Damit will ich sagen», sprach Ken energisch, und

dennoch gefasst, «dass ich jetzt wohl gleich meinen Job verlieren werde. Und wissen Sie was? Es ist mir scheissegal! Für solche moralisch inkompetenten, grosskotzigen Leute wie Sie möchte ich sowieso nicht mehr länger arbeiten. Wie wir alle in diesem Büro hier sehr genau wissen, basiert Ihr persönlicher Wohlstand und derjenige dieser Firma hauptsächlich auf der Ausbeutung der Erde sowie der Unterdrückung der Mitarbeiter. Jawohl, Sie haben völlig richtig gehört. Die finanziellen Gewinne dieses ganzen teuflischen Grosskonzerns sind einzig und allein nur darum möglich, weil dafür in anderen Teilen der Erde die Natur, ganz zu schweigen von der einheimischen Bevölkerung, systematisch und ohne Rücksicht auf Verluste zerstört wird.»

Inzwischen hatten sich sämtliche Mitarbeiter des Grossraumbüros rund um das Pult von Ken versammelt, um seine glühende Kampfansage mit eigenen Ohren zu hören. Einige begannen spontan zu applaudieren, weil sich endlich mal jemand getraute, dem ungeliebten Chef die Meinung zu sagen.

«Wie können Sie es wagen, in diesem unverschämten Ton mit mir zu sprechen, Sie nichtsnutziger Hohlkopf?», brüllte der Boss mit hochrotem Gesicht. «Sie sind entlassen – und zwar fristlos. Haben Sie das verstanden? Und jetzt verschwinden Sie gefälligst aus meinen Augen, aber sofort!»

Während die Mitarbeiter gespannt auf die Reaktion von Ken warteten, begann dieser plötzlich laut zu lachen. Dann tippte er dem Chef mit dem Zeigefinger mehrmals auf die Brust und teilte ihm völlig gelassen mit: «Lustig, denn dasselbe wollte ich nämlich auch gerade sagen. Verschwinden SIE gefälligst aus meinen Augen, bevor ich ungemütlich werde. Haben Sie das kapiert, Sie arroganter Schurke?»

Daraufhin stapfte der egozentrische Chef, ohne ein weiteres Wort, schnaubend davon, während alle Angestellten in lautes Jubelgeschrei ausbrachen und Ken begeistert auf die Schultern klopften.

Mit dieser glorreichen Szene endete der Traum. Zu Hause in seinem Bett entspannte sich der materielle Körper von Ken sichtlich, während sein feinstofflicher Traumkörper nach wie vor auf dem magnetischen Sessel im Traumtheater lag. Somit war diese spannende Episode auch für uns Besucher zu Ende, worauf wir alle wieder auf unseren Liegebetten erwachten.

Ken schaute uns verblüfft an, dann meinte er leicht irritiert: «He, euch habe ich doch soeben in meinem Traum gesehen. Ihr wart auch da, als ich dem blöden Chef endlich mal so richtig die Meinung gesagt habe, oder?»

«Das hast du vollkommen richtig erkannt, Ken», antwortete Luella. «Wir haben dich bei diesem wichtigen Prozess energetisch unterstützt, damit du dieses Autoritätsproblem ein für alle Mal lösen kannst. In Wahrheit befindest du dich eigentlich immer noch in einem Traum, jetzt aber einfach auf einer anderen Ebene.»

«Wie? Ich träume das also immer noch? Es fühlt sich aber so real an, als ob das alles wirklich passieren würde.»

«Das tut es auch, einfach in einer anderen Dimension», erklärte Luella geduldig. «Sobald du auf der irdischen Ebene aufwachst, wirst du merken, dass sich etwas in dir grundlegend verändert hat. Du bist jetzt kein fremdbestimmter Angsthase mehr, der sich alles gefallen lässt. Nach diesem entscheidenden Traum ist es nur noch eine Frage der Zeit, bis sich auch deine dreidimensionalen Lebensumstände dementsprechend zum Positiven verändern werden. Daher war dies vorläufig deine letzte Sitzung hier bei uns.»

«Wow, das ist ja echt unglaublich», murmelte Ken fasziniert. «Aber sag mal, wieso fühle ich mich denn auf einmal so wahnsinnig müde? Ich kann ja meine Augen kaum mehr offenhalten.»

«Der Wecker in deinem Schlafzimmer wird gleich klingeln», entgegnete Luella abschliessend. «Deshalb ruft dein irdischer Körper deine Seele zurück auf die Erde. Aber vergiss nicht: Träume sind nicht immer Schäume. Deine verschwommenen Erinnerungen an die Traumwelt sind sehr wichtig für den weiteren Verlauf deines Lebens. Alles Gute, leb wohl mein Freund.»

«Danke», flüsterte Ken leise, dann löste sich sein Traumkörper buchstäblich in Luft auf und kurz darauf war der Sessel leer.

«So, mein lieber Eloy», wandte sich Luella anschliessend an mich, «jetzt hast du selber einmal erlebt, was bestimmte Träume alles ausrichten können. Es ist sehr gut möglich, dass der gute Ken in den nächsten Tagen eine ähnliche Situation im Alltag erleben wird wie in seinem heutigen Traum. Da er unbewusst aber schon darauf vorbereitet ist, wird sich alles zum Besten für ihn wenden. Vermutlich wird er beruflich schon sehr bald einen völlig neuen Weg einschlagen, der ihn mit einer nie gekannten Zufriedenheit erfüllen wird. Dann kann auch seine abhanden gekommene Seelenessenz wieder vollständig in seinen Körper zurückkehren.»

Ich war dermassen beeindruckt von alldem, dass ich

aufgeregt aus meinem Sessel hüpfte und Luella spontan umarmte.

«Vielen Dank für dieses einmalige Erlebnis», sagte ich gerührt. «Das war auch für mich eine wirklich ganz tolle Erfahrung. Ich werde dich und das kosmische Traumtheater immer in guter Erinnerung behalten.»

«Tja, und das war bloss einer von acht Schützlingen, die ich momentan zu betreuen habe», lächelte die zauberhafte Luella charmant. «Deshalb muss ich mich jetzt schleunigst in den Traum vom nächsten Patienten einklinken, bevor er aufwacht.»

«Zum Glück gibt es auf der Erde verschiedene Zeitzonen, sodass nicht alle Menschen gleichzeitig schlafen», scherzte Pia zum Abschluss, «sonst müsste hier noch massiv Personal aufgestockt werden.»

«Abgesehen davon darf man nicht vergessen, dass die Erde lediglich ein winzig kleiner Planet im Universum ist», ergänzte Nautilus verschmitzt. «Über einen Mangel an Träumen können wir uns jedenfalls nicht beklagen. Die Arbeit wird uns vorläufig also nicht so schnell ausgehen.»

Daraufhin begaben wir drei uns in Richtung Ausgang, damit die gute Luella in Ruhe weiterarbeiten konnte. Nautilus bot uns zwar noch an, uns die restlichen Abteilungen des kosmischen Traumtheaters zu zeigen. Aber ich für meinen Teil hatte momentan genug gesehen, und Pia kannte sowieso schon alles.

«Beim nächsten Besuch können wir die versäumte Führung sehr gerne nachholen», versprach ich Nautilus, «aber jetzt fühle ich mich gerade ein bisschen zu erschöpft, um mich noch grossartig konzentrieren zu können. Aber trotzdem vielen herzlichen Dank für alles.»

«Keine Ursache, Eloy», entgegnete Nautilus verständnisvoll. «Das Angebot gilt unbegrenzt. Kommt, zum Abschied genehmigen wir uns noch einen vitalisierenden Muntermacher-Drink an der hauseigenen Traum-Bar.»

Kurz darauf stiessen Pia, der überaus gastfreundliche Nautilus und ich mit einem mir unbekannten Getränk auf unsere Freundschaft an. Der himmelblaue Cocktail, gebraut nach einem uralten Geheimrezept, wirkte tatsächlich Wunder. Danach verabschiedeten wir uns, denn Pia und ich hatten noch einen weiten Weg vor uns.

Der erleuchtete Friedhof

Nachdem wir beide den weissen Palast verlassen hatten und uns wieder im Tunnelsystem der geschützten Lichtröhren befanden, sagte Pia mit nachdenklichem Blick: «Eloy, ich schlage vor, dass wir nun keine weiteren Umwege mehr machen und uns auf direktem Weg in deine alte Heimat, den Planeten Erde, begeben. Anschliessend werde ich dich dort irgendwo absetzen und du kannst tun, was immer du möchtest – oder was dir aufgetragen wurde.»

«Einverstanden, Pia», antwortete ich etwas zögerlich. «Das Problem ist nur, dass mir von niemandem etwas aufgetragen worden ist.»

«Wie? Nicht einmal von Mondblume? Sie liebt doch sonst Aufträge aller Art.»

«Mondblume hat mir bloss mitgeteilt, dass ich dann, sobald ich auf der Erde bin, automatisch an die richtigen Personen geraten würde.»

«Hm, das sieht nach einer ganz schön verzwickten Situation aus», meinte Pia. «Aber, na gut, in diesem Fall werde ich dich halt einfach in deiner ehemaligen Heimatstadt abladen, wenn das für dich in Ordnung ist.»

Da ich meine ehemalige Heimat aus verschiedenen Gründen nicht preisgeben möchte, sei hier lediglich erwähnt, dass es sich dabei um einen kleinen Ort handelt, der sich irgendwo in Mitteleuropa befindet. Als wir schliesslich dort ankamen, bedankte ich mich bei Pia für den wundervollen Begleitservice, während wir uns zum Abschied herzlich umarmten. Danach war ich wieder einmal ganz auf mich allein gestellt. Obschon ich mir ein Dasein als *einsamer Wolf* eigentlich ja gewohnt war, überkamen mich in diesem Augenblick gemischte Gefühle. Wie unendlich froh wäre ich gewesen, wenn ich jetzt Heather an meiner Seite gehabt hätte. Wie mochte es ihr wohl ergangen sein, seitdem wir uns im *Land der Hoffnung* zuletzt gesehen hatten?

Doch dann zwang ich mich, alle sentimentalen Gefühlswallungen sofort zu stoppen und meine wertvolle Gedankenenergie stattdessen willentlich in positive Bahnen zu lenken. Dennoch fühlte es sich irgendwie total seltsam an, dass ich jetzt quasi als sogenannt *Verstorbener,* sozusagen als *Geist* an den Ort zurückkehrte, an dem ich praktisch mein ganzes Leben verbracht hatte. Seitdem ich das letzte Mal hier gewesen war, damals noch als offizieller Mensch, hatte ich doch schon einige Dinge gesehen, die ich zu Lebzeiten niemals für möglich gehalten hätte. Zum Beispiel hatte ich schreckliche Höllenstädte mit boshaften und leidenden Kreaturen gesehen, ebenso hatte ich himmlisch anmutende Ländereien besuchen dürfen. Und zu guter Letzt hatte ich sogar in einem Traum von einem wildfremden Menschen mitgespielt. Nur die wirklich paradiesischen Regionen waren mir bisher noch verwehrt geblieben.

Nun, aus irgendeinem Grund war ich jetzt schliesslich wieder zurück auf der Erde. Tief in meiner Seele wusste ich, dass ich die *kosmische Karriereleiter* so lange nicht weiter erklimmen konnte, bis ich alle meine karmisch bedingten Schulden beglichen hatte.

Komischerweise verspürte ich auf einmal den unwiderstehlichen Impuls, zum Friedhof zu gehen. Dort, wo meine körperlichen Überreste begraben lagen, falls es überhaupt noch welche gab. Da ich mittlerweile gelernt hatte, meiner inneren Stimme zu vertrauen, machte ich mich sogleich auf den Weg. Genauer gesagt schwebte ich dorthin, ganz so, wie es Geister halt so zu tun pflegen. Da mein Astralkörper natürlich viel feinstofflicher war als die grobe, langsam schwingende Materie auf der irdischen Ebene, konnte ich mich mühelos durch jedes Objekt hindurchbewegen, wie es mir beliebte. Und all die Menschen, die überall geschäftig hin und her eilten, konnten mich natürlich ebenfalls nicht sehen. Jedoch fiel mir relativ bald auf, dass einige Tiere, wie zum Beispiel Katzen und Hunde, meine Anwesenheit eindeutig spüren konnten.

Dann war schliesslich der eigenartigste Moment gekommen, den man sich vorstellen kann: Ich stand tatsächlich vor meinem eigenen Grab. Und das erst noch in Form eines Wesens, das die Menschen wohl am ehesten als *Spukgeist* bezeichnen würden.

Nun ja, genau so hat es sich aber abgespielt, auch wenn solche Begebenheiten für einige Leser vielleicht unbegreiflich sein mögen. Irgendwie amüsierte mich jedoch die Vorstellung, was die Leute wohl sagen würden, wenn sie mich hier sehen könnten. Ein Geist, der aus dem Jenseits zu seinem eigenen Grab zurückgekehrt war, nur um hier komisch in der Gegend herumzustehen und über sich selber zu schmunzeln?

Auf jeden Fall hatte ich emotional keinerlei Verbindung zu diesem Friedhof. Das war für mich eher ein Ort, an dem sich die hinterbliebenen Menschen festklammerten, weil sie nicht wussten, dass ihre Liebsten im Jenseits quicklebendig waren. Mehr noch, die übertriebene Trauer der Angehörigen konnte für die

Verstorbenen sogar problematisch sein, weil sich ihre Seelen dadurch nicht von der irdischen Welt lösen und sich in lichtvollere Sphären aufschwingen konnten.

Während ich in Gedanken versunken auf der Erde kauerte und meinen Grabstein mit all den bunten Blumen ringsherum betrachtete, spürte ich auf einmal die Gegenwart von etwas Unsichtbaren direkt neben mir. Erschrocken zuckte ich zusammen, doch ich konnte weit und breit niemanden entdecken. Dann streifte mich wiederum dieses unbekannte Etwas, das sich wie ein kühler Windhauch anfühlte. Da es aber ein absolut windstiller, sonniger Tag war, musste es sich bei diesem Phänomen eindeutig um etwas anderes als einen Windhauch handeln. Einen Augenblick später vernahm ich, auf telepathischer Ebene wohlgemerkt, einen klagenden Seufzer.

«Hallo? Ist da jemand?», stellte ich eine, ebenfalls telepathische Frage. Darauf verdichtete sich der nebulöse Windhauch allmählich, bis sich daraus die Gestalt von einem etwas älteren Mann herauskristallisierte.

«Pst, hier bin ich», kam die prompte Antwort. «Kannst du mich jetzt sehen?»

«Ja, jetzt kann ich deinen Astralkörper sehen. Daraus schliesse ich, dass du kein grobstofflicher Mensch aus Fleisch und Blut mehr bist, richtig?»

«Richtig geraten», seufzte der Mann oder, besser gesagt, sein Geist erneut.

«Ich bin Oscar, dein neuer Nachbar. Mein Grab befindet sich gleich neben deinem.»

«Hallo Oscar. Freut mich, dich kennenzulernen», erwiderte ich lächelnd. Denn diese bizarre Situation war ja nun wirklich fast *zu* komisch, um wahr zu sein. Da treffen sich zwei Tote auf dem Friedhof und stellen fest, dass sie Grab-Nachbarn sind. Doch dem verzweifelten Oscar war offenbar nicht zum Scherzen zumute.

«Kannst du mir vielleicht helfen, Kumpel?», fragte er mich mit flehendem Blick. «Ich kann hier nicht weg. Vor zwei Tagen bin ich gestorben, wie man so sagt, und seitdem hänge ich hier fest. Ich weiss nicht, ob ein böser Fluch oder etwas ähnliches auf mir lastet. Auf jeden Fall gelingt es mir einfach nicht, diesen elenden Friedhof zu verlassen.»

«Oh, reg dich deswegen nicht auf, Oscar», winkte ich ihm aufmunternd zu, «dieses beklemmende Gefühl kenne ich nur zu gut. Du wirst dich jeden Tag ein bisschen weiter von deinem Grab entfernen können, bis du irgendwann schliesslich völlig frei bist.»

«Und dann? Was geschieht dann?», wollte Oscar wissen.

«Vermutlich wirst du dann, genau wie ich, ein Wanderer im Lande der Geister sein, wie man so schön sagt», erklärte ich ihm. «Das heisst, du wirst so eine Art Orientierungslauf im Jenseits absolvieren, bis du alle deine Aufgaben schön brav gemeistert hast.»

«Hm, das tönt ja recht spannend. Hast du denn Gott irgendwo gesehen auf deinen Reisen?»

«Nein, natürlich nicht», beantwortete ich die Frage ehrlich. «Ich weiss nur, dass das, was die Menschen Gott nennen, der unendliche und alles durchdringende Geist ist. Dieser Geist ist formlos und absolut unbegreiflich für alle Lebewesen, ausgenommen ihm selbst.»

«Ach, weisst du, Eloy», seufzte Oscar müde, «solch oberflächliche Gemüter wie ich sind sowieso unfähig, die wahre Bedeutung des Lebens zu begreifen. Ich war in meinen letzten Lebensjahren bloss noch ein vergammelter Trunkenbold, der sich buchstäblich zu Tode gesoffen hat. Sehr wahrscheinlich werde ich auf direktem Weg in die Hölle geschickt, sobald die da oben ihre Pläne fertig geschmiedet haben.»

«Nun ja, ich denke, dass du den hohen Preis für dein fehlerhaftes Verhalten ja bereits mit deinem eigenen Leben bezahlt hast», versuchte ich, ihn einigermassen zu trösten. «Wenn du sonst keine weiteren Personen in Mitleidenschaft gezogen hast, dann brauchst du ja nicht noch zusätzlich bestraft zu werden. Aber in einem Punkt hast du natürlich schon recht: Es ist oftmals die Leidenschaft mit all ihren niederen Gelüsten, welche die Menschen versklavt und sie taub, blind und stumm für die Wahrheit macht. Deshalb kann man auch nur durch das Leid davon befreit werden.»

«Tja, und ich närrischer Einfaltspinsel habe tatsächlich immer geglaubt, dass alle Probleme automatisch gelöst sind, sobald man tot ist», gestand Oscar kleinlaut.

Inzwischen war der arme Kerl jedoch etwas aufgetaut. Er schien sehr froh darüber zu sein, endlich jemanden gefunden zu haben, mit dem er reden konnte. Während Oscar und ich uns unterhielten, war anscheinend plötzlich der ganze Friedhof lebendig geworden. Auf einmal tummelte sich nämlich eine ganze Schar von erdgebundenen Seelen um uns, die unser Gespräch offenbar interessiert mitverfolgt hatten.

«He, Jenseits-Wanderer», rief mir eine dubiose Gestalt in leicht unverschämtem Tonfall zu, «kannst du uns nicht einfach alle befreien? Wir haben es satt, ständig an diesem tristen Ort herumzuhocken und Däumchen zu drehen. Verstehst du?»

«Ja, das verstehe ich in der Tat sehr gut, mein Freund», antwortete ich bestimmt. «Aber ich denke nicht, dass ich in der Position bin, um über das Schicksal von einem Mörder entscheiden zu können.»

Ohne zu wissen warum, war ich aus irgendeinem Grund plötzlich in der Lage, die Lebensgeschichten aller anwesenden Geister wie in einem offenen Buch zu lesen. Ich brauchte mich nur auf jemanden zu konzentrieren, und schon sah ich ganz automatisch seine gesamte Vergangenheit wie einen Film vor meinem inneren Auge ablaufen.

Der vorlaute Typ glotzte mich verdattert an, als wäre ich Gott höchstpersönlich.

«Du wurdest von einem Polizisten abgeknallt», fuhr ich unbeirrt fort, «nachdem du bei einem bewaffneten Raubüberfall *aus Versehen* eine unschuldige Frau umgebracht hast, die du als Geisel genommen hast. Stimmt's?»

«Ich ... äh ... also ... ja ...», stotterte der als Mörder enthüllte Mann beschämt, «aber ich schwöre, dass ich diese Frau nicht umlegen wollte. Ich wollte sie mit meiner Pistole bloss in Schach halten, als sich plötzlich ein Schuss löste. Kurz darauf hörte ich einen zweiten Knall, und dann wurde auf einmal alles schwarz. Als ich wieder aus meinem Koma erwachte, befand ich mich hier. Es hat eine ganze Weile gedauert, bis ich endlich gemerkt habe, dass ich tot bin.»

In diesem Moment drängte sich eine aufgebrachte Frau zwischen uns, die ziemlich wütend und gleichzeitig in Tränen aufgelöst war.

«Du verdammter Mistkerl», schluchzte sie fassungslos, während sie vergeblich versuchte, dem Mörder ein paar saftige Ohrfeigen zu verpassen. Doch ihre Hand glitt einfach durch den feinstofflichen Körper des Mannes hindurch, als wäre er gar nicht vorhanden. Dieser hingegen stand bloss wie gelähmt da, gefangen in einer monströsen Schockstarre.

«Das gibt es doch nicht ... das muss ein Albtraum sein», flüsterte er leise vor sich hin, ehe er gepeinigt vor Scham und Reue zu Boden sank.

«Ja, schäm dich nur», kreischte die Frau hysterisch. «Zur Hölle mit dir. Warum in aller Welt musstest du ausgerechnet *mich* erschiessen? Ich stand mitten im Leben, hatte bereits eine Weltreise geplant, für die ich jahrelang gespart habe. Und dann passiert das ... am helllichten Tag.»

Nach diesem mehr als berechtigten Gefühlsausbruch begann die Frau schliesslich, hemmungslos zu weinen, während sie mitten in einem Blumenbeet zusammenbrach. Darauf herrschte eine Weile geradezu gespenstische Stille auf dem Friedhof. Alle anwesenden Verstorbenen, sieben an der Zahl, standen einfach nur da und blickten tief betroffen auf das am Boden liegende, zarte Geschöpf. Weil offenbar niemand so recht wusste, wie man in so einem Fall am besten reagiert, ergriff eben ich die Initiative.

«Kommt alle her, meine Freunde», teilte ich der versammelten Gruppe mit, indem ich mich von meiner Intuition leiten liess. «Wir sollten einen Kreis um diese geschundene Seele machen und uns alle die Hände reichen. Anschliessend wollen wir für Esmeralda beten. So hiess die Frau nämlich bis vor Kurzem, bis sie auf brutale Weise aus ihrem Erdenleben gerissen wurde.»

Also formierten wir uns wie vorgeschlagen rings um das gepflegte Blumenbeet, auf dem engelsgleich der etwas verblasste Lichtkörper von Esmeralda lag. Gleichzeitig ruhten ihre irdischen Überreste einige Meter weiter unten, verpackt in einem hübsch verzierten Sarg. Der Mörder von Esmeralda hockte etwas weiter abseits auf dem Boden, seine Augen waren mit Tränen gefüllt.

«Oh Gott, was habe ich bloss getan?», murmelte er, buchstäblich am Boden zerstört. Dadurch, dass in seinem Herzen plötzlich bisher ungekannte Gefühle wie Reue und Nächstenliebe aufgekeimt waren, hatten sich auch die Farben seiner eben noch trüben, dunklen Aura verändert.

«Max, komm doch zu uns herüber und schliesse dich unserem Gebetskreis an», rief ich ihm zu. «Deine schlimme Tat kannst du zwar nicht mehr rückgängig machen. Aber immerhin hast du dadurch die Gelegenheit, dich mit deinem Opfer zu versöhnen, so gut es geht.»

Langsam und mit vor Scham gesenktem Blick schlurfte Max zu uns hinüber, wo er schweigend in die spontan entstandene Schicksalsgemeinschaft aufgenommen wurde.

Danach standen wir alle Hand in Hand rund um Esmeralda herum, die immer noch bewusstlos in der Mitte lag. Nachdem wir eine Zeit lang gute Gedanken auf sie projiziert hatten, öffnete sie plötzlich ihre Augen. Sie schien uns jedoch gar nicht richtig wahrzunehmen, denn ihr Blick war wie verzaubert nach oben in den Himmel gerichtet. Gleichzeitig huschte ein seliges Lächeln über ihr hübsches Gesicht. Da wir von diesem drastischen Sinneswandel alle ein wenig überrascht waren, schauten wir ebenfalls nach oben. Dann sah ich etwas, das ich nie mehr vergessen werde.

Direkt über unseren Köpfen schwebte, analog zu

unserem eigenen Gebetskreis, eine Gruppe von überirdisch strahlenden Lichtengeln. Dieser himmlische Anblick war dermassen überwältigend, dass ein demütiges Raunen durch unsere Formation ging. Die Engel schauten unbeschreiblich gütig und sanftmütig lächelnd auf uns hernieder. Darauf schickten sie uns allen gleichzeitig eine gedankliche Botschaft, die sich wie eine gute Saat tief in unsere Herzen senkte.

«Jeder Mensch hat einen unsichtbaren Leitstern. In ihm sind alle grossen Ereignisse des Erdenlebens festgelegt. Diesen oftmals geheimnisvollen Ereignissen werden wir im Leben unvermeidlich begegnen. Solche Massnahmen sind jedoch keine Strafe von Gott, sondern dienen lediglich dazu, den Bewusstseinsgrad der Seele zu entwickeln. Ob wir die daraus entstehenden Situationen dann als Wendepunkt zum Guten oder Schlechten benutzen, hängt ganz allein von uns selbst ab, da der freie Wille des Menschen unantastbar ist. Solange der sterbliche Mensch seinem Lebensweg mit reiner Absicht folgt, strahlt der Leitstern in ungetrübtem Licht und erhellt seinen Weg.»

Nach diesen eindringlichen Worten setzte eine kurze Pause ein. Danach folgte der zweite Teil der Botschaft.

«Wenn jedoch jemand einen Mord oder gar Selbstmord begeht, stürzt er sich dadurch in schweres Leiden, da er frühzeitig die Verbindung zu seinem inneren Leitstern trennt. Denn wenn die Seele auf den falschen Weg gerät und die niederen anstatt der höheren Eigenschaften entwickelt, verblasst der Schicksalsstern und wird matt. Dann flackert sein Licht nur noch trüb und blass, wie ein Irrlicht über einem Sumpf. Sinkt die Seele moralisch jedoch sehr tief, dann erlischt der Leitstern ganz und kann nicht mehr als Wegweiser dienen. Bemüht euch also stets,

selbst nach dem körperlichen Tod, eure Gedanken auf lichtvolle Dinge zu fokussieren. Versucht, in allem was geschieht, die Vollkommenheit zu erkennen.»

Darauf verschmolz der Reigen der Engel zu einer grossen, herrlichen Wolke aus reinstem Licht. Anschliessend begann sich diese wundersame Lichtwolke spiralförmig zu drehen, bis sie sich einige Sekunden später, begleitet von sphärischen Klängen, in Nichts auflöste. Nachdem dieses atemberaubende Spektakel zu Ende war, blieben wir noch einen Moment lang tief berührt an Ort und Stelle stehen. Dann stand Esmeralda auf einmal auf und stellte sich mit ausgebreiteten Armen in die Mitte des Kreises. An ihrer Haltung sowie an ihrem seligen Gesichtsausdruck konnte man leicht ablesen, dass sich durch die Begegnung mit den Engelwesen irgendetwas, tief in ihrer Seele, grundlegend verändert hatte.

«Mir wurde eine Vision zuteil, in der ich tatsächlich die Vollkommenheit von allem, was geschehen ist, erkannt habe», teilte sie uns mit entrücktem Blick mit. «Aber leider kann ich nicht mit euch darüber sprechen.»

Kaum waren ihre Worte verhallt, geschah erneut etwas Unerwartetes. Max, der zutiefst unglückliche Mörder von Esmeralda, sank vor ihr demütig auf die Knie, während bittere Tränen der Reue über seine Wangen kullerten.

«Oh, Esmeralda», schniefte er, verzweifelt um Worte ringend, «ich weiss, es tönt so unglaublich nichtssagend, aber ... es tut mir alles so wahnsinnig leid. Kannst du mir meine Tat vergeben, obwohl sie eigentlich durch nichts zu entschuldigen ist? Ich meine ... also ...»

«Es ist schon gut, Max», unterbrach ihn Esmeralda ruhig und gelassen, «hiermit akzeptiere ich deine ehrlich gemeinte Entschuldigung und vergebe dir. Denn wenn ich das nicht tun würde, dann wären wir durch ein karmisches Schicksalsband miteinander verbunden und würden uns irgendwann, irgendwo wieder begegnen. Auch ich habe dadurch eine alte Schuld beglichen, denn die kosmische Gerechtigkeit kennt weder Zeit noch Raum. Nun sollten wir dieses Kapitel endgültig abschliessen und unseren Weg in Frieden fortsetzen.»

«Danke, Esmeralda», krächzte Max mit zittriger Stimme, «du bist ein wahrer Engel. So ein erbärmlicher Wurm wie ich hat es eigentlich nicht einmal verdient, dich überhaupt anzuschauen. Geschweige denn, mit dir zu reden.»

Nach diesen Worten kroch Max wie ein geschlagener Hund, und dennoch unheimlich erleichtert, aus unserem improvisierten Kreis, bestehend aus lauter verstorbenen Menschen, hinaus.

Innerlich wusste ich natürlich bereits, welche Sphären einen Mörder wie ihn erwarten würden. Aber durch die grossmütige Vergebung von seinem Opfer würde ihm, wie auch Esmeralda, viel Leid erspart bleiben.

«Max», rief ich dem davonkriechenden, psychischen Wrack hinterher. «Mach dir keine Sorgen. Auch für dich wird die Welt früher oder später wieder in Ordnung sein. Wenn auch nicht diese Welt hier, die du jetzt gleich verlassen wirst. Sieh nur, deine Geistführer warten bereits auf dich, um dich abzuholen.»

Er selber hatte in seinem verbitterten Zustand noch gar nicht bemerkt, dass sich auf beiden Seiten von ihm zwei mächtige Lichtwesen positioniert hatten.

Noch ehe er etwas darauf antworten konnte, entschwebte er zusammen mit seinen beiden geistigen

Beratern in einem gleissenden Tunnel aus Licht, der ihn in eine andere Dimension führte. Diesen Lichttunnel kannte ich inzwischen ja ebenfalls bestens. Schon bald würde Max sehr wahrscheinlich bei Pia und ihrem Team in der Zwischenwelt eintreffen, wo man ihn in eine Klasse aus gleichgesinnten Seelen einteilen würde. Innerlich spürte ich deutlich, dass somit auch meine Aufgabe auf diesem Friedhof hier abgeschlossen war.

Als letzte Aktion galt es jetzt nur noch, die restliche Gruppe ins Licht zu führen. Seitdem ich mich im Jenseits befand, war ich bis jetzt ja immer der Geführte, beziehungsweise der Schüler gewesen. Inzwischen hatte ich mich jedoch schon so weit entwickelt, dass es mir nun zum ersten Mal gestattet war, andere Geister zu unterrichten und zu führen. Dieses in mich gesetzte Vertrauen und vor allem auch die erfolgreiche Bewältigung dieser Prüfung versetzten mich in eine unbeschreibliche, euphorische Hochstimmung. Noch ein letztes Mal blickte ich auf mein eigenes Grab hinab im Wissen, dass ich nie mehr hierher zurückkehren würde. Wichtig war, dass ich innerlich mit diesem Ort Frieden geschlossen hatte. Denn nur mit diesem geläuterten Bewusstsein konnte ich dieses winzige Kapitel im Buch meines ewig währenden, seelischen Lebens endgültig abschliessen.

«So, meine lieben Freunde», sprach ich zur versammelten Schar, die jetzt noch aus sechs Individuen bestand. «Wie mir soeben aus höheren Ebenen mitgeteilt wurde, ist jetzt die Zeit für uns alle gekommen, da wir diesen Friedhof verlassen dürfen. Wenn ihr dazu bereit seid, dürft ihr mir nun folgen.»

Da ich bisher noch nie Verstorbene von ihren eigenen Gräbern in die Lichtwelt geführt hatte, vertraute ich einfach darauf, dass mir intuitiv schon die richtigen Impulse eingeflüstert werden würden. Die allererste Eingebung leitete mich dazu an, dass wir uns alle wiederum die Hände reichen sollten. Zu meiner linken hielt ich die Hand von Esmeralda, und auf der rechten Seite diejenige von Oscar, dem ehemaligen Säufer. Die restlichen Friedhofsbewohner schlossen sich uns erwartungsvoll an. Kurz darauf öffnete sich oberhalb von unseren Köpfen plötzlich ein Dimensionstor. Direkt aus dieser himmlischen Quelle entsprang eine weitere, kaleidoskopartige Lichtröhre, die uns spiralförmig einhüllte.

Ohne dass wir irgendetwas zu tun brauchten, sogen uns die Strahlen dieser wundersamem Lichtspirale ein und beförderten die gesamte Gruppe von diesem Friedhof, der nun im wahrsten Sinne des Wortes erleuchtet war, hinweg. Während dieser traumartigen Reise wurden wir alle gleichzeitig von einem derartig kosmischen Bewusstsein erfüllt, das sich leider unmöglich mit ein paar simplen Worten irgendeiner menschlichen Sprache beschreiben lässt. Das prachtvolle Licht des Universums schien direkt in unsere Körper hineinzufliessen. Auf jeden Fall hatte ich in diesem magischen Augenblick zum ersten Mal überhaupt das prickelnde Gefühl, einen leichten Vorgeschmack dessen zu erhaschen, was man sich im Allgemeinen unter dem Begriff *Glückseligkeit* vorstellt. Diese im positiven Sinne überaus berauschende Erfahrung wühlte mich innerlich dermassen auf, dass ich es kaum erwarten konnte, in welch paradiesische Gefilde mich mein Schicksal wohl noch führen würde.

Die Pforten der Ewigkeit

Nachdem ich meine Aufgabe wie immer pflichtbewusst erledigt und die Verstorbenen in der Zwischenwelt abgeliefert hatte, kümmerte ich mich wieder um meine eigenen Angelegenheiten. Während der folgenden Zeit reiste ich zwar noch oft als helfender, für die Menschen unsichtbarer Schutzgeist zur Erde, jedoch nicht mehr in meine alte Heimat. Die mir aufgetragenen Missionen erfüllte ich stets mit viel Freude und Enthusiasmus. Inzwischen waren die interdimensionalen Reisen von der Lichtwelt auf die irdische Ebene und zurück für mich so normal und alltäglich geworden, dass ich mir darüber schon gar keine Gedanken mehr machte.

Eines schönen Tages, ich befand mich gerade in meinem kleinen Häuschen im Land der Hoffnung, klopfte es unverhofft an der Tür. Erwartungsvoll öffnete ich das wie üblich nicht verriegelte Eingangstor, da blickten mir zwei altbekannte, strahlende Gesichter entgegen.

«Mondblume, Heather», jauchzte ich hocherfreut, «na, das nenne ich aber mal eine gelungene Überraschung. Was führt euch denn in mein bescheidenes Heim?»

Zur Begrüssung umarmten wir drei uns herzlich, denn es war schliesslich schon eine ganze Weile her, seitdem wir uns das letzte Mal gesehen hatten.

«Ich habe gute Neuigkeiten für dich», lächelte Mondblume geheimnisvoll, «genauer gesagt, für euch beide.»

«Oh, davon wusste ich ja gar nichts», meinte Heather mit grossen Augen.

«Genau aus diesem Grund habe ich dich ja mitgenommen, liebe Heather. Damit wir das alles zu dritt besprechen können.»

Dann machten wir es uns auf meinem gemütlichen Sofa bequem, während uns Mondblume mit ernster, aber feierlicher Miene die guten Nachrichten verriet.

«Wie ihr mittlerweile wisst, ist der menschliche Tod bloss ein natürlicher Vorgang, um dem materiellen Leben zu entrinnen und anschliessend die korrigierenden Schulungen in den feinstofflichen Welten zu durchlaufen. Danach erfahren die Sterblichen sieben weitere Male den sogenannten Todesschlaf der Neuanpassung, und das darauffolgende Erwachen der Auferstehung. Erst dann ist die Seele reif dafür, die Pforten der Ewigkeit zu durchschreiten.»

«Das tönt wirklich spannend, verehrtes Mondblümchen», bemerkte ich auflockernd, während sich unsere geliebte Lehrerin einen Schluck Tee genehmigte, «aber was hat das mit Heather und mir zu tun? Ich meine, wir sind vermutlich noch lange nicht reif, um diese legendären Pforten zu durchschreiten, oder?»

«Du unterschätzt dich wieder einmal enorm, mein lieber Eloy», fuhr Mondblume unbeirrt fort, «denn ihr beide werdet schon bald den evolutionären Schritt unternehmen, der eure Lichtkörper vom sterblichen Zustand befreit. Das bedeutet, dass ihr den Unsterblichkeitsstatus erlangt und eure Gestalt von da an mehr oder weniger beibehalten werdet. Das heisst, zumindest bis zum Übertritt in die superuniversellen Welten.»

«Du meinst also, dass Eloy und ich dieses lokale Universum bald verlassen werden, um uns in den sagenumwobenen Superuniversen weiterzubilden?», fragte Heather aufgeregt nach.

«Du hast es erfasst», sprach Mondblume ruhig weiter. «Dort werdet ihr dann von den Sekonaphim, den Engelscharen und dienenden Geistern der sieben Superuniversen, betreut werden. Während eures dortigen Aufenthalts werdet ihr natürlich weiterhin durch viele Lehrer ausgebildet werden. Doch bevor es soweit ist, und ihr die Pforten der Ewigkeit durchschreiten dürft, müsst ihr zuerst noch die siebte Residenzwelt durchlaufen. Momentan befindet ihr euch aber immer noch in der sechsten Übergangswelt. Wie ihr wisst, wird die Seele hier von allen verbliebenen Überresten, bestehend aus ungeistigen, rückständigen sowie anderen niederen planetarischen Schwingungen gereinigt. Die in dieser Sphäre gewonnene Erfahrung ermächtigt euch, eure kosmische Laufbahn in den erleuchteten Welten fortzusetzen.»

Dann hielt Mondblume kurz inne und trank nochmals einen grossen Schluck Tee. Heather und ich blickten sie erwartungsvoll an, wie zwei ungeduldige Kinder, die noch mehr Süssigkeiten möchten.

«Auf der siebten und letzten Stufe dieser Schulungswelten», beendete Mondblume schliesslich ihren Vortrag, «werdet ihr dann auf andere siegreiche Aufsteiger treffen, die den planetaren Kampf ausgefochten und ihre seelische Weiterentwicklung durch die Residenzwelten beendet haben.»

«Das tönt zwar alles ungeheuer faszinierend, aber irgendwie auch ein bisschen rätselhaft und verwirrend», gab ich offen zu, «obwohl ich natürlich selber schon einige Seminare über den Aufbau und die Hierarchie der verschiedenen Universen besucht habe.»

«Ach, zerbrich dir darüber nicht den Kopf, Eloy», beruhigte mich Mondblume. «Dein Geist wird Schritt für Schritt zur Vollkommenheit geführt, bis du eines Tages das Paradies mit eigenen Augen erblicken wirst.»

Nach diesem überaus tiefgründigen Gespräch sassen wir drei eine Weile lang einfach nur schweigend da, jeder in seine eigenen Gedanken versunken. Ich dachte über den Begriff nach, den die Menschen normalerweise ehrfürchtig *Tod* nennen. Seitdem ich auf der physischen Ebene gestorben war und meinen menschlichen Körper verlassen hatte, hatte ich diesen eigenartigen Vorgang nun schon einige Male in ähnlicher Art und Weise wiederholt. Jedes Mal, wenn ich in der geistigen Welt von einer Sphäre in die nächsthöhere aufgestiegen war, wurde ich jeweils in einen tiefen Schlaf versetzt. Und nun stand mir, gemäss Mondblume, der letzte sogenannte Todesschlaf bevor. Danach würde meine Seele ein Stadium erreicht haben, wo dieser Prozess anschliessend nicht mehr notwendig sein wird.

Vage erinnerte ich mich daran, dass ich früher schon in verschiedenen Büchern davon gelesen hatte, dass anscheinend zu jeder Zeit in der Menschheitsgeschichte hochentwickelte Meister gelebt hatten, die den Sterbevorgang willentlich und ganz bewusst vollziehen konnten. Obschon ich diese Geschichten damals lediglich als eine Art fantasievolle Märchen betrachtete, war ich nun tatsächlich auch solch ein magischer Sphärenwanderer geworden.

«So, meine Lieben», riss mich Mondblume sanft aus meinen Tagträumereien. «Nun ist es Zeit für unsere Zeremonie.»

Da Heather und ich dieses erneute Sterberitual beide

kurz und schmerzlos durchführen wollten, verabschiedeten wir uns von Mondblume, bevor überhaupt erst melancholische Trennungsgefühle aufkommen konnten.

«Eines Tages werden wir uns wiedersehen», versprach Mondblume milde lächelnd, «doch eure Wege werden sich vorläufig nicht mehr so schnell trennen, da ihr beide Seelenverwandte seid. Gleich und Gleich gesellt sich gern; vor allem in der feinstofflichen Welt der Geister.»

Danach legten Heather und ich uns auf eine weiche Matte, die auf dem Fussboden ausgelegt war. Nach ein paar tiefen Atemzügen schlossen wir unsere Augen, während Mondblume mit beinahe singender Stimme fremdartige, meditative Worte rezitierte, deren Bedeutung ich jedoch nicht vollständig begriff. Ich spürte nur, dass wir durch dieses Ritual allmählich in eine Art Energiewolke eingehüllt wurden, die aus reiner Lichtenergie bestand. In meinem Unterbewusstsein vernahm ich leise den himmlisch anmutenden Engelsgesang von Mondblume, der jedoch in immer weitere Entfernung rückte. Während uns die unbeschreiblich friedliche Energie dieses erzeugten Mentalfeldes bis ins Innerste durchdrang, glitt mein Bewusstsein ganz sachte davon. Weit, weit weg in ferne, mir völlig unbekannte Welten des Universums.

Ab einem gewissen Punkt herrschte auf einmal nur noch Stille. Pure, heilende, ja geradezu göttliche Stille. Innerlich wusste ich, dass ich nun soeben – und nun wohl zum letzten Mal in meiner kosmischen Laufbahn – gestorben war. In diesem Nullpunktfeld gab es nichts, ausser paradiesischer Ruhe. In diesem herrlichen Schwebezustand, ich fühlte mich wie in Watte verpackt, existierte einzig und allein nur absolute Glückseligkeit. Es gab weder Vergangenheit noch Zukunft, sondern nur diesen einen Moment. Das ewige Jetzt, jenseits von Zeit und Raum. Alles andere war in diesem heiligen Augenblick völlig unwichtig und belanglos. Irgendwann, nach einer gefühlten Ewigkeit in diesem schwerelosen Zustand von absoluter Vollkommenheit spürte ich, wie eine reinigende Energiedusche meinen innersten Seelenkern durchflutete.

Allmählich erlangte ich mein normales Bewusstsein wieder, bis ich kurz darauf schliesslich die Augen öffnete. Nach dieser glorreichen Auferstehung fühlte ich mich nicht nur wie neu geboren, sondern ich war es auf gewisse Weise ja auch tatsächlich. Doch anstatt auf der weichen Matte in meiner bescheidenen Hütte lag ich nun auf einem schneeweissen, prächtigen Himmelbett. Zunächst hatte ich natürlich keine Ahnung, wo ich mich befand, geschweige denn, was genau mit mir passiert war. Ich wusste nur, dass ich aus dem süssen Todesschlaf aufgewacht war, und dass mir in dieser höheren Sphäre der geistigen Welt neues Leben eingehaucht worden war. Zu meiner grossen Freude jedoch sah ich, dass die gute Heather ebenfalls anwesend war. Während ich gerührt beobachtete, wie sie sich verträumt und verschlafen in der neuen Umgebung umschaute, wurde mir bei diesem Anblick gleich warm ums Herz. Ja, es hüpfte geradezu vor Freude.

«Herzlich willkommen, liebe Wanderer im Raum der Unendlichkeit», hörte ich schliesslich eine warme Stimme sagen. «Ihr durftet soeben einen schwachen Vorgeschmack von den Pforten der Ewigkeit erhaschen. Aber vollständig durchschreiten werdet ihr dieses göttliche

Portal der Transformation erst zu einem späteren Zeitpunkt. Ich hoffe, die Reise hat euch gefallen.»

«Wo sind wir? Im Paradies?», fragte Heather, während sie sich genüsslich reckte und streckte.

«Oh nein, meine Liebe», lachte das strahlende Engelwesen amüsiert, «der unvorstellbar gigantische Himmelskörper, den man die Paradies-Insel nennt, ist noch weit, weit weg von hier. Denn jener Ort ist das ewige Zentrum, das sich in der geografischen Mitte sämtlicher bisher existierenden Universen befindet. Ausserdem ist das sogenannte Paradies auch der Ursprung aller Wesen sowie die Wohnstätte des unendlichen, universalen Geistes, der die gesamte Schöpfung erschaffen hat. Jedoch kann kein einziges sterbliches Lebewesen jemals wirklich erfassen, wie das alles zustande gekommen ist. Die Unendlichkeit liegt weit jenseits des Fassungsvermögens des endlichen Verstandes.»

Dann legte das freundliche Geschöpf eine kurze Pause ein, ehe es mit unvorstellbar gütigem Gesichtsausdruck weiterfuhr.

«Ich kann euch deshalb nur mitteilen, dass in jeder Seele auch ein winziger Funke von dieser Göttlichkeit verborgen ist. Könnte man sämtliche in der Schöpfung existierenden Funken gleichzeitig betrachten, dann würde man ein wunderschönes, harmonisches Feuerwerk wahrnehmen, das ewig leuchtet und alle Universen auf zauberhafte Weise erhellt. Aber jeder weitere Versuch, euch ein Bild von der Herrlichkeit des Paradieses zu vermitteln, wäre vergeblich. Also entspannt euch einfach und geniesst jeden Augenblick eurer Seelenreise.»

Erst jetzt fiel mir auf, dass man uns in ein neues, goldgelbes Gewand eingekleidet hatte. Im Jenseits

versinnbildlicht das Kleid die jeweilige Entwicklungsstufe eines Geistes und gilt sozusagen als Ausweis für
dessen Errungenschaft. Der hübsche, und vor allem
ausserordentlich bequeme Anzug war mit dem Symbol
dieser Sphäre gekennzeichnet. Bei diesem Logo, das sich
vorne links auf Brusthöhe befand, handelte es sich um
eine Sonne, die umgeben war von je zwei Sternen und
zwei Planeten.

«Was hat dieses Symbol zu bedeuten?», fragte ich
neugierig, während ich mit der Hand spielerisch darü-
berstrich.

«Die Sonne in der Mitte stellt die unermesslich
gigantische Zentralsonne dar, von der alle anderen
Sonnen in den Lokaluniversen bloss ein winziger Teil
davon repräsentieren», erklärte das Engelwesen. «Die
Sterne und Planeten hingegen sollen veranschaulichen,
dass die Schöpfung ständig wächst, indem sich der
Weltraum immer weiter in die Unendlichkeit ausdehnt.
Demzufolge werden bei diesem stetigen Wachstum auch
immer mehr bewohnbare Planeten benötigt, die in den
Universen von Zeit und Raum besiedelt werden können.»

Ich freute mich riesig, dass mir nun die Ehre zu-
teilwurde, so einen schicken Anzug tragen zu dürfen.
Gleichzeitig war mir natürlich auch bewusst, dass ich
mir diesen Status durch meine ausgedehnten Wanderungen im Lande der Geister redlich verdient hatte. Danach begaben Heather und ich uns frohen Mutes nach
draussen, um die neue Umgebung ein wenig zu erkunden. Sämtliche energetischen Überreste der bleiernen
Erdenschwere, die uns bis vor Kurzem noch anhafteten,
waren jetzt vollständig verschwunden. Noch nie zuvor

hatte ich mich so luftig leicht, und ohne bestimmten Grund, einfach nur vollkommen glücklich gefühlt. Heather ging es genauso. Gemeinsam hüpften und sprangen wir draussen in der freien Natur wie zwei übermütige Kinder herum, während wir vor Freude laut herauslachten.

«Sieh mal, Eloy», zupfte sie mich aufgeregt am Ärmel, «da vorne gibt es einen kleinen See. Das Wasser hat die Farbe von zartem Rosa. Ist das nicht wunderschön?»

«Tatsächlich», erwiderte ich ebenso begeistert, «komm, lass uns das aus der Nähe begutachten.»

Am Ufer dieses märchenhaften Teiches stand ein riesiger Baum, dessen Blätter in einem überaus angenehmen, mild hellblauen Farbton erstrahlten.

«Wow, das ist ja der helle Wahnsinn», jauchzte Heather entzückt, «da stehen wir beide nun, irgendwo in einer fernen Welt, vor einem hellblauen Baum. Und dieser Riesenbaum wiederum befindet sich am Ufer von einem rosaroten See.»

«Ausserdem ist das Geist und Körper nährende Heilwasser in diesem See derart rein, dass man es bedenkenlos trinken kann», ertönte eine fremde Stimme.

Einen Augenblick später erhob sich eine zierliche Gestalt, die anscheinend die längste Zeit gemütlich auf der anderen Seite des mächtigen Baumstammes gesessen hatte.

«Ich war gerade am Meditieren, über die bezaubernde Schönheit dieses friedvollen Ortes hier», fuhr die weibliche Stimme hinter dem Baumstamm fort. «Aber natürlich habe ich euch bereits erwartet.»

Darauf drehte sich das geheimnisvolle Wesen um und lehnte sich lässig gegen den Stamm, den sie mit einem Arm umarmte wie einen alten Freund.

«Ich heisse Shona und werde euch in diesem magischen Reich betreuen. Allzu lange werdet ihr jedoch sowieso nicht hier verweilen. Das ist bloss eine weitere Zwischenstation auf eurer Seelenreise. Ach, und diesen wunderhübschen Baum hier nenne ich übrigens Treufreund, weil er für alle stets ein treuer Freund ist. Er kann zwar nicht sprechen, aber er registriert eure wohlwollende Ausstrahlung trotzdem sehr genau.»

«Hallo Shona, hallo Treufreund», begrüsste ich die beiden sonderbaren, jedoch äusserst sympathischen Geschöpfe.

Shona erinnerte mich ein wenig an eine klassische indianische Medizinfrau, wie es sie früher auf der Erde gegeben hatte. Mit ihren langen schwarzen Haaren und dem pastellfarbenen Fransenkleid, welches in der Mitte von einem violetten Gürtel zusammengehalten wurde, sah sie einerseits jung und zugleich sehr weise aus. In ihren smaragdgrünen Augen blitzte nicht nur ein jugendlich aufgeweckter Schalk auf, sondern man konnte darin gleichzeitig auch eine Art meditativer Verträumtheit wahrnehmen.

«Wie ihr bereits korrekt festgestellt habt, liebe ich die Natur über alles», verriet uns Shona, «deshalb bin ich – nicht nur in dieser Sphäre hier – so etwas wie die Hüterin der Naturreiche. Auch ich habe einst als ganz normaler Mensch auf der Erde gelebt. Schon damals hatte ich jedes Mal eine innige Verbindung zu Mutter Natur. Umso mehr schmerzt es mich, wenn ich mitansehen muss, wie achtlos und respektlos man auf der Erde zurzeit mit der Natur und den Tieren umgeht.»

Da bog Treufreund, der hellblaue Baum, mitfühlend

einen Ast und legte ihn beschützend um Shona.

«Danke, mein treuer Freund», sagte sie liebevoll zu ihm, «ich hoffe, dass sich die Erdenmenschen eines Tages ebenfalls wieder daran erinnern werden, dass schlussendlich jeder von uns bloss ein winziger Teil vom grossen Ganzen ist. Auf feinstofflicher Ebene sind wir alle miteinander verbunden.»

Anschliessend setzten Shona, Heather und ich uns auf den moosig weichen Boden, der rund um Treufreund herum prächtig gedieh und geradezu zum gemütlichen Verweilen einlud. Eine Zeit lang sassen wir einfach nur still da und schauten verträumt auf den spiegelglatten See mit dem rosafarbenen Wasser.

«Es ist alles so wahnsinnig friedlich hier», meinte Heather schliesslich, «ich wünschte, dass ich für immer in diesem traumhaften Paradies bleiben könnte.»

«Bist du dir da wirklich sicher?», fragte Shona aufmerksam nach.

«Na ja, nach ein paar Jahren würde mir das süsse Nichtstun vielleicht auch ein bisschen langweilig werden», gab Heather zu, «und dann würde ich mich eventuell wieder danach sehnen, irgendwo hin zu gehen, wo etwas los ist.»

«Zum Beispiel zurück auf die Erde?»

«Hm, ich weiss nicht so recht, aber … es könnte durchaus sein, dass mich so ein völlig verrücktes Abenteuer wie ein erneutes Erdenleben irgendwann tatsächlich wieder interessieren würde.»

«Es ist lustig, dass du das erwähnst, Heather», klinkte ich mich in das Gespräch ein, «insgeheim habe ich nämlich gerade denselben Gedanken gehegt. Aber, um ehrlich zu sein, hatte ich nicht den Mut, um dieses

Thema überhaupt erst anzusprechen.»

«Wieso denn nicht?», erwiderte Shona. «Du brauchst dich dafür doch nicht zu schämen. Du bist nicht der Erste, der lieber ein bisschen mehr Action im Programm hätte, weil in dieser eher meditativen Welt hier naturgemäss nicht so viel läuft. Schliesslich hast du einen freien Willen und kannst dir die nächsten Schritte deiner Reise nach Herzenslust selber zusammenstellen.»

Bei dieser Bemerkung spürte ich, wie sich in meiner Magengegend ein aufregendes, kribbelndes Gefühl ausbreitete. Ich konnte also tatsächlich ganz allein entscheiden, was ich tun und lassen wollte? Demzufolge gab es also auch nicht irgendeine autoritäre Instanz, die mir einen detaillierten Seelenplan vorlegen würde, welchen ich strikt einhalten musste? Mit anderen Worten: Ich konnte nach Herzenslust improvisieren, experimentieren und mich überall im Universum austoben? Shona hatte meine Gedanken wohl bereits wahrgenommen, denn sie legte verschmitzt lächelnd den Arm um meine Schultern.

«Aber natürlich darfst du jederzeit selber wählen, welchen Weg du einschlagen möchtest, Eloy. Deiner Kreativität sind absolut keine Grenzen gesetzt. Und dass jede Entscheidung, die du triffst, eine Ursache darstellt, mit deren Konsequenzen du selber klarkommen musst, weisst du ja inzwischen sehr genau. Aber hey, du hast ja alle Zeit der Welt. Die Ewigkeit rennt schliesslich nicht weg.»

«Die Pforte der Ewigkeit auch nicht?»

«Ach, die kannst du auch in hundert oder tausend Jahren noch durchschreiten, das spielt überhaupt keine Rolle.»

«Na gut, angenommen ich würde mich dazu entscheiden, auf der Erde oder auf sonst irgendeinem
Planeten nochmals zu inkarnieren», verfolgte ich den
Gedankengang weiter, «müsste ich dann quasi noch einmal bei null anfangen? Oder könnte ich meine bisher
gesammelten, spirituellen Erkenntnisse und sonstigen
Lebenserfahrungen da unten wieder abrufen?»

«Das ist eine sehr gute Frage», antwortete Shona
ernst, «denn meistens werden die feinen Antennen der
Seele früher oder später von den unterschiedlichsten
Einwirkungen aus der Atmosphäre überdeckt, sobald
jemand als Mensch inkarniert. Und wenn der geistige
Blick des dritten Auges verschleiert ist, verlieren viele
Leute die eigentlich natürliche Verbindung zu den höheren Lichtwelten. Aber auch hier hast du wiederum die
Wahl. Du kannst dich zum Beispiel dafür entscheiden,
als spiritueller Meister auf die Erde zurückzukehren
und den Menschen als Vorbild zu dienen.»

«Hm, das tönt wirklich unheimlich spannend», meldete sich Heather zu Wort, «so ein Projekt würde mich
irgendwie schon auch reizen. Und wenn die Ewigkeit sowieso unendlich geduldig ist, dann kann sie im Prinzip
ja genauso gut noch ein wenig länger auf uns warten,
oder?»

«Durch all die durchlebten Erfahrungen in eurer
persönlichen Vergangenheit habt ihr euch das
Recht erworben, aus eigener Kraft eure Wünsche zu
realisieren», klärte uns Shona weiter auf. «Das heisst,
ihr könnt zum Beispiel wählen, mit den Tieren zu sprechen und die Worte der Pflanzen zu verstehen. Oder ihr
könnt, ganz ohne materielle Hilfsmittel, nur mit eurem
Lichtkörper in Gedankenschnelle von Ort zu Ort reisen.

Selbst in weit entfernte Universen, damit ihr mit euren Raumgeschwistern von anderen Planeten Kontakte pflegen könnt. Wenn der Schleier, der die verschiedenen Dimensionen voneinander trennt, weggezogen wird, dann gibt es keine Trennung mehr. Dann könnt ihr allerdings nichts mehr denken oder sprechen, was nicht mit der reinen Herzenskraft verbunden ist, da ihr euch der Wahrheit verpflichtet habt. Das wird dann das lang ersehnte, goldene Zeitalter sein. Darauf wurdet ihr schon seit langer Zeit vorbereitet, denn in der Tiefe eures Wesens seid ihr Wissende.»

Nach diesem aufschlussreichen Gespräch am romantischen Ufer vom rosaroten Zaubersee, änderte sich der Lauf unseres Schicksals dramatisch. Denn noch an Ort und Stelle beschlossen Heather und ich gemeinsam, noch einmal auf die Erde zurückzukehren, um den unwissenden Menschen den Weg aus der Dunkelheit zu zeigen. Sogar Treufreund, der intelligente Baum, hielt das offenbar für eine ausgezeichnete Idee. Grosszügig liess er von seinen riesigen Ästen einen wahren Blätterregen aus hellblauen, zart duftenden Blüten auf uns hernieder schneien. Diesen magischen Augenblick am Seeufer werde ich garantiert nie vergessen.

Das Buch des Lebens

Bereits am nächsten Tag, sofern man in dieser Sphäre überhaupt von Tag und Nacht sprechen kann, trafen wir uns alle zusammen für eine ausserordentliche Besprechung. Wenn ich sage «wir», meine ich damit, abgesehen von Shona, Heather und mir, auch unser geistiges Betreuungsteam. Dieses Team bestand aus mehreren Lichtwesen, die uns dann während unserer nächsten Erdenreise geistig unterstützen und beraten sollten. Der Einfachheit halber werde ich sie Schutzengel nennen. Zusätzlich war noch ein Vertreter vom *Rat der planetarischen Leiter* anwesend, der die ganze Sitzung sozusagen protokollierte.

Dieses überaus gütige und aufmerksame Geschöpf mit den lilafarbenen Augen stellte sich uns als *Leuchtender Abendstern* vor. Auf meine Frage, ob dieser Name eine spezielle Bedeutung hätte, lächelte er bloss geheimnisvoll.

«Wir vom Rat der planetarischen Leiter haben alle solch mysteriöse Namen», sprach er mit ruhiger Stimme, «aber eine Erklärung dazu würde den Rahmen dieser Besprechung definitiv sprengen. Deshalb möchte ich an dieser Stelle lediglich kurz erwähnen, was unsere Aufgabe ist. Und zwar beschäftigen wir uns hauptsächlich mit der Überwachung sämtlicher Aktivitäten, die auf den bewohnten Planeten innerhalb von Zeit und Raum stattfinden.»

«Soll das heissen, dass im Universum alles perfekt organisiert ist, und nichts dem Zufall überlassen wird?»

«Genau so ist es», fuhr Leuchtender Abendstern fort. «Die detaillierte Organisation ist in der Tat schwer zu beschreiben. Jedenfalls ist nur schon für diesen winzigen Bereich des Universums, in welchem sich die Erde befindet, ein gewaltiger Verwaltungsapparat zuständig. Man nennt ihn *die Seraphische Planetarische Regierung*. Allein schon diese Organisation beinhaltet Abermilliarden der verschiedensten Engel, von denen jede Gattung individuell zugeteilte Machtbefugnisse besitzt. An der Spitze jeder Abteilung steht jeweils ein Erzengel, dessen Autorität unbestritten ist.»

Ich war tief beeindruckt vom Wissen sowie von der absolut souveränen Ausstrahlung dieser faszinierenden Lichtgestalt. Anschliessend legte Shona zwei grosse Bücher auf den Tisch.

«Das ist das Buch des Lebens», erklärte sie in feierlichem Tonfall. «Das eine Buch enthält sämtliche Lebensläufe von all deinen bisherigen Leben, Eloy. Und im anderen sind deine Erfahrungen dokumentiert, Heather. Wie ihr beide wisst, werden alle Informationen ja laufend in der Akasha-Chronik abgespeichert. Wenn ihr möchtet, dürft ihr ruhig ein wenig darin herumblättern.»

Zuerst getraute ich mich gar nicht recht, dieses aussergewöhnliche Buch überhaupt anzufassen, weil ich mich dazu irgendwie nicht *heilig* genug fühlte. Doch dann gab ich mir innerlich einen Ruck und fuhr ehrfürchtig mit der Hand über den hübsch verzierten Umschlag, auf dem mit goldener Farbe diverse mir unverständliche Symbole eingraviert waren.

«Wenn da drin sämtliche bisherigen Lebensläufe von mir aufgeführt sind», fragte ich spasshaft, «bedeutet das demzufolge, dass dies hier eine Art Vorstellungsgespräch für mein nächstes Leben ist? Und falls ich den Job auf der Erde kriege, muss ich dann einen Seelenvertrag unterschreiben?»

«Das mit den Seelenverträgen war früher tatsächlich so, Eloy», erwiderte Leuchtender Abendstern erheitert, «aber in der neuen Zeit ist das nicht mehr nötig. Jetzt, in der grössten Umbruchsphase der gesamten Menschheitsgeschichte, geht es vielmehr um übergeordnete Zusammenhänge, weniger um persönliche Angelegenheiten. Deshalb seid ihr von dieser karmischen Last befreit.»

«Du meinst also, dass ich mich mit Heather auch ohne irgendeinen Vertrag verabreden kann? Es wäre natürlich schon toll, wenn wir beide uns da unten eines Tages wieder treffen könnten.»

«Da bin ich ganz ihrer Meinung, Herr Eloy», lächelte Heather zustimmend. «Ich hoffe doch sehr, dass dies auch klappen wird.»

«Ihr könnt das natürlich auch mündlich miteinander vereinbaren», beruhigte uns Shona, «das ist überhaupt kein Problem.»

«Sehr schön, in dem Fall hätten wir diese Sache auch schon geklärt», antwortete ich gelassen. Dann konzentrierte ich mich wieder auf das eigenartige Buch, welches immer noch verlockend vor mir auf dem Tisch lag. Aufgeregt öffnete ich schliesslich den massiven Buchdeckel und klappte ihn sorgfältig auf. Eigentlich hatte ich eine trockene Auflistung von verschiedenen Daten und Fakten erwartet. Aber so plump und langweilig wie auf der Erde lief es hier natürlich nicht ab. Kaum hatte ich das Buch der Seelen geöffnet, lächelte mir als Erstes das pelzige Wuschelgesicht von einem niedlichen

Märchenwesen entgegen. Der Begriff *Teddybär* könnte wohl am ehesten eine vage Vorstellung von diesem Geschöpf geben.

Aber jetzt kommt die grosse Überraschung: Dieser Kuschelbär war tatsächlich lebendig! Währenddem ich ungläubig auf die erste Buchseite starrte, begann dieses Zauberwesen plötzlich, mit mir zu sprechen.

«Hallo, Eloy», kicherte das muntere Kerlchen schelmisch, «du kannst dich getrost wieder entspannen. Die meisten ehemaligen Menschen sind zunächst jeweils ein bisschen überrumpelt, wenn sie zum ersten Mal einen Blick in das Buch ihrer Seele werfen. Und ja, du kannst mich übrigens ruhig Ted nennen, das geht völlig in Ordnung. Ich bin so etwas wie der Hüter dieses Buches, denn das ist sozusagen deine ganz persönliche, ewig währende Schatzkiste.»

«Okay ... Ted», stammelte ich, immer noch leicht irritiert, «wie geht's denn so?»

«Oh prima, danke der Nachfrage», antwortete das pelzige Geschöpf keck.

Dann hüpfte die katzenartige Gestalt mit einem übermütigen Satz aus der virtuellen Buchseite heraus und setzte sich zufrieden schnurrend auf den leeren Stuhl neben mir. Im Prinzip war das ganze Zauberbuch ein einziges Reflexionshologramm, obschon ich die genaue Funktionsweise natürlich nicht verstand. Auf jeden Fall hatte Heather unterdessen eine ähnliche Erfahrung gemacht. Auch in ihrem Lebensbuch wohnte eine lustige Märchenfigur, die jedoch eher ein bisschen an einen Hasen erinnerte.

«Bevor du mit dem Herumblättern beginnst, werde ich dir kurz einige Informationen geben», quasselte der redselige Ted munter weiter. «Als Erstes musst du nämlich wissen, dass dieses Buch multidimensional ist. Das heisst, du kannst dich, wenn du möchtest, *buchstäblich* in jede beliebige Seite hineinziehen lassen. Jedes Kapitel in dieser holografischen Schatzkammer repräsentiert ein vergangenes Leben. Wenn du deine linke Hand mindestens fünf Sekunden lang auf eine beliebige Seite hältst, wirst du automatisch in dein damaliges Leben zurückversetzt.»

«Du meinst, so wie eine Art Zeitreise?»

«Ja genau, etwas wie eine mentale Zeitreise», kam die Antwort wie aus der Pistole geschossen.

«Cool, das möchte ich gleich ausprobieren.»

Abenteuerlustig schlug ich das Buch nach dem Zufallsprinzip an einer beliebigen Stelle auf. Dann hielt ich, ohne zu zögern, meine linke Hand auf die Seite. Zunächst passierte rein gar nichts. Dennoch stellte ich erstaunt fest, wie die Buchseite meine Aufmerksamkeit immer mehr in ihren Bann zog. Denn da standen nicht etwa simple, auf Papier gedruckte Wörter, sondern es lief eine Art fünfdimensionaler Film darin ab. Völlig fasziniert liess ich mich mental in die soeben gezeigte Filmsequenz hineinfallen. Ohne dass ich es überhaupt richtig realisierte, geschah schliesslich das Unglaubliche. Im Bruchteil einer Sekunde wurde ich auf einmal mitten ins Geschehen hineingebeamt, oder wie auch immer man dem sagen soll. Eine sanfte, aber dennoch unwiderstehliche Kraft sog mich geradezu zurück in die Vergangenheit. Einen kurzen Augenblick später befand ich mich bewusstseinsmässig bereits mitten in diesem abgespeicherten Lebensfilm. Obwohl ein Teil von mir natürlich immer noch auf dem Stuhl sass und gespannt in das magische Buch des Lebens starrte.

Gleichzeitig stand ich mit einem anderen Teil meines Bewusstseins in einem Wald, und zwar direkt neben einem uralten, riesigen Baum. Etwa hundert Meter weiter vorne, auf einer idyllischen Waldlichtung, erblickte ich ein einfaches Holzgebäude mit viereckigem Grundriss, das wie ein Tempel aussah. Dabei handelte es sich eindeutig um eine japanische Pagode. Das heisst, um einen dreistöckigen Turm, der bei jedem Stockwerk ein geschwungenes, pyramidenförmiges Saumdach aufwies. Diese zusätzlichen Vordachkonstruktionen, die irgendwie wie aufeinandergestapelte Hüte aussahen, umsäumten das traditionelle Bauwerk und verliehen ihm optisch einen beschwingten Charakter. Oben auf dem Hauptdach thronte zusätzlich noch eine lange Spitze, die majestätisch in den Himmel ragte.

Während ich diesen wunderschönen Tempel betrachtete, marschierte dicht neben mir, auf einem verschlungenen Waldpfad, eine Gruppe Mönche vorbei. Nun bestand kein Zweifel mehr daran, dass ich mich tatsächlich in Japan befand.

Aus irgendeinem Grund stach mir einer dieser Männer sofort ins Auge. Ja, ich fühlte mich regelrecht zu ihm hingezogen. Als ich ihn etwas genauer beobachtete, wusste ich auch plötzlich, weshalb. Dieser Mönch, das war *ich* selber, irgendwann in einem früheren Leben. Genau in dem Moment, in welchem ich diesen Zusammenhang erkannte, schlüpfte mein derzeitiges Bewusstsein in den Körper dieses Mannes. Jetzt waren wir auf geistiger Ebene im wahrsten Sinne des Wortes miteinander verschmolzen, sodass ich die Welt aus seinem Blickwinkel wahrnehmen konnte. Gleichzeitig hatte ich auch

Zugang zu seinem umfangreichen Wissen.

Sein – beziehungsweise mein – Name lautete Kiyoshi. Er war ein bescheidener Bergmönch, der in den abgelegenen, hügeligen Waldgebieten Japans lebte. Diese Mönche waren im ganzen Land bekannt unter dem Namen *Yamabushi*. Sie lebten zurückgezogen in den Bergen, friedlich und im Einklang mit der Natur. Dort verbrachten sie die Tage damit, ihre Naturreligion, genannt Shugendo, zu praktizieren. Shugendo bedeutete ungefähr so viel, wie sein Leben *dem Weg der Einübung von spirituellen Wunderkräften* zu widmen. Und eben wegen diesen sogenannten Wunderkräften wurden die Yamabushi-Mönche nicht nur verehrt, sondern von einigen auch gefürchtet. Aus diesem Grund wurde diese Lebensphilosophie im Jahr 1872 offiziell verboten. Und zwar im Zuge der verschärften Kontrolle der offiziellen Religionsgemeinschaften, als letztendlich auch der Shugendo das Interesse der Machthaber auf sich lenkte.

Inzwischen war die kleine Gruppe von Bergmönchen und Wanderpriestern beim Tempel angekommen. Da ich jetzt alles aus der Sicht von Kiyoshi, meinem früheren Ich, erlebte, konnte ich auch mühelos die japanische Sprache verstehen. Nachdem sich die weiss gekleideten Männer im Halbkreis vor der Pagode versammelt hatten, hielt der oberste Meister, namens Akaya, einen eindringlichen Appell an die Eingeweihten.

«Liebe Brüder im Geiste», sprach Akaya mit ernster Miene, «wie ihr wisst, ist unsere friedvolle Lebensphilosophie vor Kurzem verboten worden. Gemäss offiziellen Angaben aus bürokratischen Gründen. Aber in Wahrheit geht es darum, unser Land in eine seelenlose Industrienation zu verwandeln. Wir schreiben das Jahr 1872, und die Zukunft sieht düster aus. Nicht nur für unser Volk, sondern für die gesamte Menschheit. Die einfachen Leute sollen abgekoppelt werden von der Natur, dem traditionellen Wissen und somit auch von ihrer eigenen Seelenverbindung. Sobald eine genügend grosse Anzahl Menschen von den vermeintlich Mächtigen dieser Erde auf Angst und Hass programmiert worden ist, könnte es eines Tages durchaus zu einem schrecklichen Weltkrieg kommen. Wir werden das vermutlich nicht mehr miterleben, doch in weiser Voraussicht müssen wir bereits jetzt handeln.»

«Aber Meister, was sollen wir bloss tun?», sprach ein zarter Jüngling, der bestimmt noch keine zwanzig Jahre alt war. «Wie können wir die drohende Gefahr abwenden?»

«Wir können die Gefahr nicht abwenden. Das Schicksal nimmt so oder so seinen Lauf», entgegnete der Alte nachdenklich. «Aber wir können wenigstens versuchen, unsere uralten Schriften für die Nachwelt zu retten. Denn schon sehr bald werden die verblendeten Schergen der Herrscher hier eintreffen und alle Tempel niederbrennen. Danach wird es für viele Jahre keine Yamabushi mehr geben, und auch keine Samurai-Krieger. Die Mächte des Westens werden alles zerstören.»

Obwohl ich sozusagen nur als unsichtbarer Gast im Körper von Kiyoshi anwesend war, spürte ich dennoch, wie sich mein Herz vor Kummer zusammenzog. Dunkle Vorahnungen brachen über mich herein wie pechschwarze Wolken, die ein unheilvolles Gewitter ankündigten. Langsam, aber sicher dämmerte es mir, dass ich das alles tatsächlich einst selber erlebt hatte. Dabei handelte es sich um vage Erinnerungen, die sich irgendwo in den Tiefen meines Unterbewusstseins eingegraben hatten.

Meister Akaya liess einige Minuten verstreichen, damit sich seine prophetischen Worte in unsere feinfühligen Gemüter senken konnten. Anschliessend beendete er seine Ansprache mit ruhiger, beherrschter Stimme.

«Morgen bei Sonnenaufgang werden wir in die heilige Tempelstadt Yoshino aufbrechen. Doch zuerst werden wir uns unter dem Wasserfall reinigen und anschliessend die Nacht meditierend im Wald verbringen.»

Nachdem jeder Einzelne unter dem eiskalten Wasserfall still sein Dankesgebet an die Natur gesprochen hatte, schlugen wir unser Nachtlager auf einem Hügel mitten im Wald auf. Nachtlager bedeutete in diesem Fall, dass sich jeder Mönch einen Baum aussuchte, neben dem er die nächsten paar Stunden meditierend im Lotussitz verharrte.

Doch kaum war die Dunkelheit hereingebrochen, konnte man aus einiger Entfernung verdächtige Geräusche hören, die auf beängstigende Weise immer lauter wurden. Akaya, der Anführer unserer Gruppe, realisierte die nahende Gefahr als Erster. Unverzüglich berief er eine notfallmässige Versammlung unter einem knorrigen, alten Ahornbaum ein.

«Die von der Regierung entsandten Truppen sind schon da», sprach er im Flüsterton, «schneller, als ich gedacht habe. Wenn wir jetzt zusammenbleiben, werden sie uns alle miteinander verhaften. Deshalb bleibt uns nichts anderes übrig, als uns einzeln durchzuschlagen. Wir treffen uns am Fusse des Berges Omine, bei der

Höhle in Dorogawa. Möge die Kraft der Ahnen mit uns sein.»

Inzwischen konnte man bereits die Stimmen der Soldaten hören. Gleichzeitig loderte zwischen den Bäumen der matte Lichtschein von mehreren Fackeln auf, die in der Finsternis gespenstisch wie Irrlichter hin und her flackerten.

«Geht nun, Brüder, solange noch Zeit bleibt», sagte Akaya mit bemerkenswerter Ruhe. «Ich werde die Verfolger ablenken und auf eine falsche Fährte locken.»

Dann schlichen wir auf leisen Sohlen davon und zerstreuten uns flink wie Wiesel im dunklen Wald.

Kiyoshi, der wie einige andere Mönche noch recht jung und unerfahren war, rannte mit klopfendem Herzen in irgendeine Richtung. Doch schon bald merkte er, dass er der feindlichen Truppe vor lauter Nervosität praktisch in die Arme gelaufen war. Obwohl ich das alles im Prinzip wie ein unbeteiligter Zuschauer miterlebte, war ich mittlerweile derart gefesselt von dieser dramatischen Situation, dass ich mit Haut und Haaren wieder in mein früheres Leben als Kiyoshi eingetaucht war. Als er bemerkte, dass er in der Falle sass, versteckte sich Kiyoshi notdürftig in einem Gebüsch. Die Verfolger waren jetzt so nah, dass er jedes einzelne Wort verstehen konnte.

«Nun ist es aus», schoss es ihm durch den Kopf, «den Rest meiner Tage werde ich wohl in einer kargen Gefängniszelle in Tokyo verbringen.»

Genau in dieser Sekunde ertönte von irgendwo her der dumpfe Klang von einem Muschelhorn. Kiyoshi wusste sofort, dass es dasjenige von Meister Akaya war. Er zog absichtlich die Aufmerksamkeit auf sich, damit sich die jüngeren Mönche in Sicherheit bringen konnten. Denn seiner edlen Ansicht nach waren sie es, die das Wissen der Yamabushi mündlich an die nächste Generation weitergeben sollten. Er war schliesslich schon alt und hatte seine Lebensaufgabe mehr als erfüllt. Mit dieser heldenhaften Aktion rettete Akaya tatsächlich vielen das Leben. Noch einmal ertönte der eigenwillige Klang des Muschelhorns.

«Da vorne sind sie», hörte ich einen Soldaten dicht neben mir sagen, «in der anderen Richtung.»

Darauf änderte die gesamte Einheit sofort ihre Marschroute. Kiyoshi wartete noch einige Minuten in seinem Versteck, um sicherzugehen, dass die Luft auch wirklich rein war. Dann schnellte er wie ein Pfeil aus dem Gebüsch heraus und rannte panisch um sein Leben. Irgendwann, gefühlte Stunden später, schleppte er sich mit letzter Kraft an einen rauschenden Bach, wo er ausreichend trank. Anschliessend folgte der junge, und immer noch ziemlich aufgewühlte Mönch einfach dem Bachlauf entgegen der Strömung. Kiyoshi hoffte, dass er, wenn er den Bach bis zur Quelle zurückverfolgte, irgendwann den heiligen Berg Omine und somit die vereinbarte Höhle erreichen würde.

Unterwegs entdeckte er zufällig eine kleine Waldhütte, die unbewohnt zu sein schien.

«Ich muss mich unbedingt kurz ausruhen», dachte er erschöpft, «und wenn ich Glück habe, finde ich hier vielleicht sogar etwas zu essen.»

Zur Sicherheit klopfte Kiyoshi zuerst an die Tür, bevor er erwartungsvoll eintrat. Umso überraschter war er, als er dort eine schlafende Gestalt vorfand. Dabei handelte es sich um eine junge Frau, etwa in seinem

Alter. Sie lag auf einer dünnen Reismatte, mitten auf dem Fussboden. Als sie im Halbschlaf den fremden Mann im Türrahmen erblickte, zuckte sie erschrocken zusammen und war sofort hellwach.

«Keine Angst, ich bin bloss ein wandernder Bergmönch», erklärte Kiyoshi mit einer beruhigenden Handbewegung. «Ich werde dir bestimmt nichts antun. Mein Name ist Kiyoshi. Ich bin bloss etwas müde ... und vor allem hungrig. Deshalb dachte ich, dass ich mich hier vielleicht ein bisschen von all den Strapazen erholen könnte.»

«Ich heisse Tomoko», erwiderte die Frau etwas scheu. «Aufgrund deiner Kleidung musst du ein Yamabushi sein, nicht wahr? Alle Bewohner in unserem Dorf verehren und respektieren euch zutiefst. Aber ich weiss auch, dass ihr in grosser Gefahr seid.»

«Ja, deshalb bin ich auf der Flucht. Die Verfolger sind bereits hinter mir her. Aber sag, was tust du denn hier? Ganz allein, mitten in der Wildnis?»

«Der Dorfälteste hat mich in die Tempelstadt Yoshino geschickt», antwortete Tomoko, «ich soll die Yamabushi-Mönche vor der drohenden Gefahr warnen, damit sie sämtliche Schriften und vor allem sich selber rechtzeitig in Sicherheit bringen können.»

«Das ist ja höchst interessant», lächelte Kiyoshi erfreut, «in dem Fall haben wir exakt dieselbe Mission zu erfüllen. Wenn du einverstanden bist, können wir uns zusammentun und den Auftrag gemeinsam ausführen.»

«Oh ja, sehr gerne», entgegnete Tomoko erleichtert. «Denn heute Nacht, so ganz allein in dieser Hütte, da hatte ich wirklich grosse Angst. Mir wurde eben gesagt, dass diese fanatischen Regierungstruppen unbarmherzig und absolut verständnislos sind.»

Nach einer kurzen Pause fuhr sie mitfühlend fort: «Du siehst sehr hungrig aus, Kiyoshi. Komm, setz dich doch. Ich habe genügend Reis bei mir. Nüsse und Beeren habe ich ebenfalls dabei. Der Dorfälteste und weise Schamane, also eigentlich mein Grossvater, hat gut für mich vorgesorgt.»

Darauf nahmen die beiden gemeinsam ein bescheidenes Mahl ein, damit sie wieder zu Kräften kamen.

«Und was hat dir dein weiser Grossvater sonst noch für Ratschläge gegeben?», fragte Kiyoshi neugierig.

«Er hat mir das Gewand von einem Shinto-Priester mitgegeben», sagte Tomoko ernst, «und gemeint, dass ich es dem ersten Yamabushi-Mönch zum Anziehen geben soll, den ich auf meiner Reise antreffen werde. Ist das nicht seltsam?»

«Nein, überhaupt nicht», erklärte Kiyoshi, «denn die Shinto-Priester werden von der Regierung weiterhin geduldet, im Gegensatz zu uns. Vielleicht könnte mir dieses Gewand ja tatsächlich das Leben retten.»

Gleich nach dem Essen wechselte Kiyoshi das Gewand und versteckte sein eigenes ausserhalb der Hütte. Danach legte er sich auf die Reismatte, während Tomoko nach draussen zum Bach ging.

«Bitte wecke mich auf, sobald du reisebereit bist», ermahnte Kiyoshi die junge Frau. «Es ist besser, wenn wir uns nicht zu lange hier aufhalten. Ich muss mich nur kurz ausruhen.»

«Ist gut», antwortete Tomoko freundlich.

Eine knappe Stunde später, als die beiden gerade aufbrechen wollten, hörten sie draussen laute Männerstimmen. Noch bevor sie irgendwelche Vorbereitungen oder sonstige Absprachen treffen konnten, stürmte eine Handvoll grimmiger Soldaten in die Hütte. Mit gezogenem Schwert stellte sich der Befehlshaber arrogant vor die beiden unbewaffneten, jungen Menschen.

«Wer seid ihr?», fragte er herrisch. «Und was habt ihr hier zu suchen?»

«Wir sind Geschwister», entgegnete Tomoko schlagfertig, «unser Grossvater hat uns hierhergeschickt, um Nüsse und Beeren für unser Dorf zu sammeln.»

«Seit wann sammeln Mönche Nüsse und Beeren für die Bevölkerung?», hakte der Soldat misstrauisch nach.

«Ich bin ein Shinto-Mönch», improvisierte Kiyoshi so glaubwürdig wie möglich. «Bei uns ist es so Sitte, dass wir den Dorfbewohnern auch in weltlichen Angelegenheiten zu Diensten stehen. Deshalb helfe ich meiner Schwester, wie es sich für anständige Bürger gehört.»

«Hmmhh», brummelte der unsympathische Eindringling mürrisch, «rührt euch nicht von der Stelle.»

Dann zog er sich mit einigen Männern kurz zurück, um sich mit ihnen zu beraten. Kiyoshi betete innerlich, dass seine Tarnung nicht auffliegen würde und dass die Krieger seine verbotene Yamabushi-Kleidung draussen nicht finden würden.

Ein paar Minuten später kehrte die Gruppe in die baufällige Waldhütte zurück.

«Alles in Ordnung, wir lassen euch eures Weges ziehen», verkündete der Kommandant in militärischem Tonfall. «Aber denkt daran: Wenn ihr irgendwo ein Mitglied des Yamabushi-Ordens seht, seid ihr von nun an dazu verpflichtet, dies unverzüglich den Behörden zu melden. Ansonsten macht ihr euch strafbar. Und falls jemand auf die Idee kommen sollte, einen von denen in eurem Dorf zu verstecken, um ihm Unterschlupf zu gewähren, dann ...»

Er beendete den Satz nicht, sondern machte dazu lediglich eine unmissverständliche Handbewegung. Und zwar, indem er sich mit dem Zeigefinger quer über die Kehle fuhr. Tomoko und Kiyoshi nickten brav und verneigten sich höflich vor den Soldaten. Gleichzeitig versuchte Tomoko verzweifelt, sich auf ihren Atem zu konzentrieren. Diesen Trick wandte sie immer dann an, wenn sie vor Furcht zitterte.

Schliesslich stolzierte die ungehobelte Truppe wortlos wieder hinaus, ohne die beiden eines weiteren Blickes zu würdigen. Kaum waren sie verschwunden, konnte sich Tomoko jedoch nicht mehr länger beherrschen. Eben noch hatte sich ihr Körper kalt wie ein Eisklotz angefühlt. Und nun liefen die Schweissperlen, vermischt mit Tränen der Erleichterung, plötzlich in Strömen über ihr hübsches Gesicht. Kiyoshi legte ihr tröstend den Arm um die Schultern.

«Du hast mir soeben das Leben gerettet, indem du dein eigenes aufs Spiel gesetzt hast. Ich weiss nicht, wie ich dir jemals dafür danken soll, Schwester.»

«Du kannst dich bei meinem Grossvater bedanken, Bruder», entgegnete sie aufgewühlt, «schliesslich war das mit dem rettenden Kleidertausch seine Idee.»

Dann verblasste die Szenerie allmählich und ich, Eloy, entfernte mich geistig wieder aus dem alten Japan im Jahr 1872. Anschliessend benötigte ich eine ganze Weile, bis ich vollkommen realisierte, dass ich mich jetzt wieder an einem runden Tisch, irgendwo im Jenseits befand.

Epilog

Immer noch leicht benebelt von diesem gewaltigen Abenteuer starrte ich fassungslos auf dieses unbeschreiblich fantastische Buch des Lebens, das nach wie vor ausgebreitet vor mir lag.

«Na Kumpel, alles okay?», erkundigte sich Ted, der Hüter des Buches.

«Puh ... ich denke schon, ja. Es ist nur ... diese Tomoko. Ich habe mich schon die ganze Zeit gefragt, weshalb sie mir so wahnsinnig vertraut vorkommt. So, als würde ich sie von irgendwoher kennen.»

Da berührte mich Ted sanft am Arm, während er mit seinem pelzigen Finger auf Heather zeigte. Sie sass still da, mit vor Rührung tränenüberströmtem Gesicht. Als ich sie so betrachtete, war mir auf einen Schlag alles sonnenklar. Denn das tränenüberströmte Gesicht von Tomoko, welches ich gerade eben gesehen hatte, ähnelte demjenigen von Heather auf äusserst verblüffende Weise.

«Tomoko ... Heather ... ach du meine Güte ...», murmelte ich ungläubig vor mich hin.

Nun sah mich Heather ebenfalls mit grossen Augen an.

«Eloy ... Kiyoshi ...»

Offensichtlich empfanden wir in diesem magischen Moment der Erkenntnis genau dasselbe.

«Ja, es ist wahr», bestätigte uns Ted diese Annahme, «ihr habt vorher *zufälligerweise* exakt dieselbe Lebenszeit im Buch der Seelen ausgewählt. Unabhängig

voneinander – und dennoch gemeinsam – habt ihr soeben auf diese spannende Epoche im alten Japan zu-
rückgeblickt. Auch wenn seitdem, in linearer, irdischer
Zeit gemessen, viele Jahre vergangen sind, bedeutet das
hier im Jenseits lediglich ein kurzer Augenblick. Nun
habt ihr einmal aus einer anderen Perspektive gesehen,
wie in Wirklichkeit alles mit allem verbunden ist. Bisher mögt ihr insgeheim vielleicht gedacht haben, dass
es bloss eine Laune des Schicksals war, die euch hier in
diesen Welten zusammengeführt hat. Oh nein, Freunde,
weit gefehlt. Eure Seelen sind schon seit ewigen Zeiten
miteinander verbunden. Und allem Anschein nach seid
ihr jetzt gerade wieder im Begriff, eure nächste gemein-
same Episode im Spiel des Lebens zu planen.»

«Das hast du völlig richtig erkannt, Ted», erwiderte
ich schmunzelnd. «Heather und ich können es einfach
nicht lassen. Deshalb haben wir uns mehr oder weniger
spontan dazu entschieden, noch ein weiteres Mal in diesem – trotz allem – faszinierenden Spiel mitzumischen.»

«Das ist doch toll», meinte Shona lächelnd wie
immer. «Na, dann beginnen wir am besten gleich mit der
Grobplanung. Aber lasst uns zuvor noch kurz um den Se-
gen von Mutter Natur bitten.»

Darauf gaben wir, die wir am runden Tisch sassen,
uns alle die Hände. Shona, Heather, Ted, Leuchtender
Abendstern sowie noch ein paar weitere fröhliche Gestalten von unserem geistigen Helferteam. Anschliessend besprachen wir gemeinsam einige wichtige Punkte
betreffend dem nächsten Erdenleben von Heather und
mir. Wann und wo das genau stattfinden wird, darf ich
an dieser Stelle leider nicht verraten. Diesbezüglich
haben wir aus verschiedenen Gründen eine strenge

Schweigepflicht vereinbart. Es könnte jedoch durchaus sein, dass wir uns eines Tages zufällig irgendwo über den Weg laufen.

Denn während ihr diese Zeilen hier lest, befinden sich Heather und ich bereits wieder mitten unter euch. Somit neigt sich mein Bericht über die jenseitigen Welten dem Ende zu. Ich hoffe, dass ihr euch nicht nur gut unterhalten, sondern euch auch einige Dinge zu Herzen genommen habt. Wie wir nun alle wissen, zählt am Ende des irdischen Lebens nicht das, was man besitzt, oder was für einen weltlichen Status man erreicht hat. Viel wichtiger ist, *wie* man gelebt hat, in welchem Bewusstsein. Alles ist vergänglich, und schlussendlich siegt die Wahrheit sowieso immer und überall. Auch wenn wir das ganze Bild aus menschlicher Sicht momentan noch nicht erkennen können.

Delia
Zwischen den Welten

Roger Kappeler

E-Book &
Taschenbuch
242 Seiten

Mitten in der Nacht werden die beiden mexikanischen Staatsangehörigen Delia und Sancho bei ihrem Fluchtversuch an der amerikanisch-mexikanischen Grenze von einer Polizeipatrouille überrascht.

Während Sancho geschnappt wird, gelingt Delia die Flucht ins Ungewisse.
Wie sich jedoch herausstellt, ist dies erst der Anfang von einem absolut unglaublichen Abenteuer ...

Erhältlich auf Amazon.de
ISBN 978-1-500425-93-7

Der Fluss des Lebens

Roger Kappeler

E-Book &
Taschenbuch
300 Seiten

Eines Tages laufen sich Anja und Nick scheinbar rein zufällig über den Weg.

Von diesem Moment an ist für die beiden nichts mehr so, wie es einmal war. Eine Reihe von äußerst seltsamen Begegnungen führt die zwei jungen Leute rund um den Globus und verwickelt sie in die unglaublichsten Abenteuer. Ihre Aufgabe besteht unter anderem darin, sich dem Fluss des Lebens vertrauensvoll hinzugeben, anstatt immer alles krampfhaft kontrollieren zu wollen.

Wie sie bald feststellen, kann das Schicksal nur bis zu einem bestimmten Grad beeinflusst werden. Oder etwa doch nicht ...?

Die Pforte von Nebadon

Roger Kappeler

E-Book &
Taschenbuch
150 Seiten

Diese Geschichte ist so absolut unglaublich, dass man sie eigentlich gar nicht in Worte fassen kann. Dennoch ist dies hiermit zum ersten Mal seit der Erfindung von aufblasbaren Gummibärchen gelungen. Was, die sind noch nicht erfunden worden? Na ja, wie auch immer. Jedenfalls geht es hier um das verrückte Abenteuer der Hauptfigur Sam, der ursprünglich bloß auf der Suche nach einem neuen Job ist. Doch plötzlich landet er auf mysteriöse Art und Weise im Reich Nebadon, das sich verborgen tief im Erdinneren befindet. Dort erfährt er von seinem geheimnisvollen Auftrag, gemeinsam mit Miranda-Panda den atlantischen Kristall zu ... ach, weißt du was? Am besten liest du das Buch doch einfach selber ...

Erhältlich auf Amazon.de
ISBN 978-1-500690-63-2

Zürich
Magic happens

Roger Kappeler

E-Book &
Taschenbuch
170 Seiten

Nachdem Joe´s Schwester Anna bei einem Autounfall ums Leben kommt, geschehen in seinem Leben merkwürdige Dinge. Joe stellt verblüfft fest, dass er auf einmal ein völlig neues Bewusstsein hat, was sein bisheriges Weltbild ziemlich auf den Kopf stellt. In seinen mysteriösen Visionen reist er zusammen mit der nicht irdischen Lichtgestalt Sram durch unendliche, strahlende Sphären außerhalb von Raum und Zeit. Auf diesen Ausflügen erfährt er, dass noch unzählige Versionen von Zürich in anderen Dimensionen existieren. Eigentlich wollte der adoptierte Joe bloß das Geheimnis um seine wahre Herkunft lüften. Als er sich jedoch zufällig mit dem Mann befreundet, der seine Schwester auf dem Gewissen hat, nimmt alles einen anderen Lauf und das dramatische Abenteuer in Zürich geht erst richtig los ...

Erhältlich auf Amazon.de
ISBN 978-1-500713-21-8

Hasret
Lady in Black

Roger Kappeler

E-Book &
Taschenbuch
204 Seiten

Dies ist die unglaublich bewegende Lebensgeschichte der zauberhaften Hasret, die als Baby adoptiert wird. Das arabische Waisenkind wächst in einer gutbürgerlichen Familie in der Schweiz auf, bis die große Liebe ihr ganzes Leben auf den Kopf stellt.

Mit knapp zwanzig Jahren beginnt die herzzerreißend dramatische Odyssee der bildhübschen Hasret, die sie rund um den Globus führt. Doch es gibt da noch ein dunkles Geheimnis um ihre wahren Familienverhältnisse ...

Eine packende Mischung aus Biografie und Roman

Erhältlich auf Amazon.de
ISBN 978-1-500820-86-2

Das ewige Abenteuer

Roger Kappeler

E-Book &
Taschenbuch
224 Seiten

Mike staunt nicht schlecht, als er nach seinem physi-schen Tod plötzlich an der Himmelspforte steht und sich lebendiger denn je fühlt. Völlig überrascht stellt er fest, dass das wahre Leben jetzt erst richtig losgeht, und zwar volle Kraft voraus. Zusammen mit seinen neuen Gefährten bricht er auf, um dem Geheimnis des ewigen Abenteuers auf die Spur zu kommen.

Auf dieser unglaublich verrückten Reise kreuz und quer durch unzählige Universen erfährt Mike auf witzige und zugleich dramatische Weise, dass in dieser gigantischen Schöpfung alles miteinander verbunden ist. Doch wer ist der Typ, der sich dieses ganze Spiel ausgedacht hat? Tja, Leute, das erfahrt ihr wohl nur, wenn ihr das Buch selber lest ...

Erhältlich auf Amazon.de
ISBN 978-1-503179-25-7

Starchild Terry

Roger Kappeler

E-Book &
Taschenbuch
154 Seiten

Obwohl es Terry materiell eigentlich gut geht, nagt tief in seinem Inneren eine quälende Unzufriedenheit. Ein selbstverschuldeter Autounfall ändert sein Leben schlagartig. In bewusstlosem Zustand erscheint ihm eine vorwitzige Wesenheit, die behauptet, sein Geistführer zu sein. „Galak", wie sich dieses Wesen nennt, begleitet Terry von nun an durch den Alltag und erklärt ihm die universellen Zusammenhänge des Lebens. Auf geheimnisvolle Art und Weise treten plötzlich die verrücktesten Menschen in Terrys Leben, und ehe er sich versieht, ist er plötzlich Buchautor. Langsam beginnt er zu verstehen, dass er durch seine Gedanken seine eigene Realität erschafft.
Durch diese Erkenntnis beginnt ihm das Spiel des Lebens allmählich Spaß zu machen; der graue Alltag wird auf einmal abenteuerlich.

Erhältlich auf Amazon.de
ISBN 978-1-505347-38-8

Starchild
Terry II
Melinda

Roger Kappeler

E-Book &
Taschenbuch
148 Seiten

Terry und seine verrückte Rasselbande sind zurück, um
gemeinsam weitere fantastische, in dieser Form noch
nie dagewesene Abenteuer zu bestehen.

Diesmal begleiten wir Melinda auf ihrer witzigen und
zugleich dramatischen Reise vom sogenannten Jenseits
in ihre neue Inkarnation und erfahren, dass Leben und
Tod lediglich zwei Seiten derselben Medaille sind.

Doch Melindas Leben verläuft alles andere als normal.
Egal, ob sie gerade mitten in entstehenden Kornkreisen
übernachtet, das scheinbare Ende der Welt miterlebt
oder durch das Weltall in die Heimat der Sternenkinder
reist, immer ist irgendetwas los.

Erhältlich auf Amazon.de
ISBN 978-1-505863-57-4

Das grosse
Werk

Roger Kappeler

E-Book &
Taschenbuch
244 Seiten

Als der noch junge Musiker Orion seine vielversprechen-
de Karriere vorzeitig beendet, ahnt er nicht, was für absolut unglaubliche Dinge ihn im folgenden Lebensabschnitt
erwarten. Seine wahre Berufung findet er nämlich erst,
als er dem weltlichen Erfolg mit all seinen materiellen
Verlockungen freiwillig den Rücken kehrt. Durch eine Ver-
kettung von mysteriösen Begebenheiten gerät er schliesslich in einen äusserst turbulenten Strudel, der ihn kreuz
und quer durch Raum und Zeit reisen lässt. Doch bevor
Orion seinen Teil zu diesem unermesslich grossen Werk
beitragen kann, muss er sich zuerst einigen Prüfungen
stellen. Wird es ihm gelingen, sich von der grossen Illusion des Lebens und des Sterbens endgültig zu befreien?
Oder wird er sich von seinem ewigen Widersacher erneut
in weltliche Angelegenheiten verstricken lassen?

Erhältlich m Buchhandel
ISBN 978-3-7494-1782-7

22
(und eine halbe)
fantastische Kurzgeschichten

Roger Kappeler

E-Book &
Taschenbuch
200 Seiten

Was haben ein tollpatschiges Panikorchester, eine missglückte Flugzeugentführung und Süpermän gemeinsam? Findet Fufu der Clown sein verlorenes Lachen wieder? Und weshalb gibt es eigentlich keine Repressalien für die Cerealien? Erfährt Elina die Antworten auf ihrer mysteriösen Astralwanderung? Oder braucht es dazu etwa einen Krieg am Salatbuffet? Hm, Fragen über Fragen. Aber vielleicht erfahren wir ja mehr von Knäckeback, dem beknackten Zwiebrot. Denn als die Welt noch ein Gugelhupf war, gab es noch keine halben Sachen. Naja, abgesehen von halben Kurzgeschichten vielleicht. Doch lest am besten selbst, was es mit all den Helden, Glückspilzen und Pechvögeln auf sich hat. Und ob es noch Wunder gibt ...

Erhältlich m Buchhandel
ISBN 978-3-7494-1782-7